구름사냥꾼의 노래

구름사냥꾼의 노래

알렉스 쉬어러 지음

윤여림 옮김

미래인

구름사냥꾼의 노래

1판 1쇄 펴낸날 2020년 6월 30일
1판 2쇄 펴낸날 2020년 12월 15일

지은이 알렉스 쉬어러 **옮긴이** 윤여림 **펴낸이** 김민지 **펴낸곳** 미래M&B
책임편집 황인석 **디자인** 서정민 **영업관리** 장동환, 김하연
등록 1993년 1월 8일(제10-772호) **주소** 서울시 마포구 동교로 134(서교동 464-41) 미진빌딩 2층
전화 02-562-1800(대표) **팩스** 02-562-1885(대표) **전자우편** mirae@miraemnb.com
홈페이지 www.miraeinbooks.com **블로그** blog.naver.com/miraeibooks

ISBN 978-89-8394-890-8 03840

제인에게.

차례

1장 제닌…9
2장 항구의 아침…13
3장 구름의 맛…15
4장 수색꾼…19
5장 초대…26
6장 거절…32
7장 공중의 세계…38
8장 하늘수영…43
9장 금단의 제도…51
10장 고깔해파리…58
11장 죽음의 왈츠…68
12장 구름사냥꾼의 노래…77
13장 첫 항해…84
14장 은둔자의 섬…89
15장 구름은 어디서 오는 걸까…99
16장 구름을 선점하라…110
17장 해결사 카니쉬…118
18장 벌레들의 습격…127
19장 다시 일상으로…135
20장 양면작전…142
21장 두 번째 출항…146
22장 하늘꽃밭…151
23장 제닌 아빠의 비밀…157
24장 큐난트 섬…162
25장 위험한 선택…168
26장 하늘 다이빙…177
27장 어둠의 터널…185
28장 야만용…188
29장 포경선…195
30장 성년식…202
31장 반대자들의 제도…211
32장 교수대와 올가미…218
33장 수상한 거지…225
34장 구름사냥꾼의 이름을 걸고…234
35장 결전의 날…239
36장 다시 집으로…249
37장 이별 선물…254
38장 초록빛 눈의 소녀…262

1

제닌

2학기가 반쯤 지났을 때, 새 학생이 전학을 왔다. 제닌이란 이름의 이 아이는 얼굴에 커다란 상처가 두 개나 있었다. 눈 밑부터 입가까지 이어진 상처들은 사고나 공격으로 인해 생긴 것도, 태어날 적부터 있던 것도 아니었다. 이 흉터들은 일종의 표식이었다. 일종의 의식과 전통인 동시에, 제닌이 아무도 모르는 곳에서 정처 없이 떠돌다 온 방랑자임을 의미하기도 했다. 이들은 예전부터 구름사냥꾼이라고 불렸다.

제닌 가족이 탄 배는 어느 날 느닷없이 항구에 나타났고, 거기에 계속 정박했다. 제닌의 아빠는 돌아가셨는데 소문에 의하면 폭풍에 실종됐다고 한다. 그래서 그후 제닌의 엄마가 하늘을 나는 그 배를 지휘하고 있었다. 사실 지휘랄 것도 없었다.

배는 그럴 정도의 크기도 아니었고, 선원이라고는 새까맣게 그을어 거의 흑인 같아 보이는 남자 한 명뿐이었다. 그 선원의 이름은 카니쉬였다. 카니쉬의 귀에는 링 귀걸이들이 주렁주렁 걸려 있었고, 팔에는 팔찌처럼 얇은 띠 모양의 문신이 휘감겨 있었다. 머리는 박박 밀었고, 가슴팍에는 털이 하나도 없었다. 카니쉬의 몸은 기름칠이라도 한 듯 항상 반질반질했다.

제닌의 엄마 칼라 역시 제닌과 카니쉬처럼 입가까지 이어진 두 개의 상처가 얼굴에 나 있었다. 칼라는 키가 크고 몸매가 날렵했다. 덥수룩한 까만 머리를 뒤로 질끈 묶을 때면 마치 전사 같아 보였는데, 학부모의 밤 행사에 올 때조차 그런 모습이었다. 칼라는 상당히 이국적인 분위기를 풍겼다. 또 사용하는 향수의 향 역시 낯설고 독특했다. 우리 엄마는 그 향이 죽은 하늘고래에서 채취한 사향이라고 알려줬다. 그 말을 듣고 나는 그것이 잔인하고 괴상하면서도 왠지 모르게 매력적이라고 느꼈다.

매일 아침 칼라와 카니쉬는 배를 타고 하늘로 나갔다가 저녁에 돌아왔다. 사냥을 많이 한 날도 있었지만 빈손으로 돌아오는 날도 있었다.

허탕 치는 날이 며칠이나 계속되면, 칼라와 카니쉬는 더 멀리까지 나가 몇 주씩 돌아오지 않곤 했다. 그럴 때면 칼라는 미리 다른 사람한테 돈을 주고 제닌의 숙식을 부탁해 제닌이 학교에 빠지지 않도록 했다.

칼라는 딸이 제대로 된 교육을 받길 원했다. 자신이 원해서 구름사냥꾼의 길을 택할 수도 있지만, 할 줄 아는 게 그것뿐이라서 어쩔 수 없이 구름사냥꾼이 되어야 하는 경우도 있기 때문이다.

금요일 오후, 학교를 가지 않는 주말이 시작되면 제닌 가족은 배를 타고 항구를 떠나 일요일 저녁 늦게까지 돌아오지 않았다. 어떨 때는 월요일 아침이 되어서야 돌아오기도 했다. 그러면 제닌은 1교시가 시작하기 직전 겨우 교실에 들어왔다. 제닌한테 주말 동안 뭘 했냐고 물으면 돌아오는 답은 항상 같았다.

"구름사냥 갔었어."

"많이 찾았어?"

"약간. 넌 뭐 했어?"

나에게도 주말 동안 많은 일이 있긴 했다. 하지만 드넓은 푸른 하늘을 누비다 멀리 희미하게 구름이 보이면 쏜살같이 달려가서 탱크 가득 물을 채워 집으로 돌아오는 것만큼 멋지고 신나는 일은 없어 보였다.

나도 제닌의 가족과 함께 떠나고 싶었다. 하지만 부탁해봤자 거절할 것을 알기에 제닌한테 묻는 것조차 겁이 났다. 또 제닌 가족이 거절하지 않는다 해도 부모님은 나를 절대로 보내주지 않을 것이다.

떠날 용기가 없기 때문이 아니었다. 단지 물어볼 용기가 없는 것이다.

남자애와 여자애는 여러모로 많이 다르다. 어느 정도 나이가 차면 아이들은 이성 친구에 대한 생각을 하며 많은 시간을 보낸다고 하지만, 실제로는 서로 많이 어울려 놀지 않는다. 그 순간이 오기 전까지는 말이다. 정확히 말하면 이성과 어울려 다니기 시작하는 그 순간 말이다. 내 경우엔 그 순간이 오려면 아직 한참이나 남았다.

그런데 어떤 면에서 제닌은 남자애 같은 구석이 있었다. 생각하는 방식이나 행동하는 모습이 그랬다. 그래서 제닌과 친구가 되는 건 크게 어렵지 않았다.

나는 제닌이 내 여자친구라며 사람들이 놀려대는 말에 신경 쓰지 않았다. 제닌은 내 여자친구가 아니다. 제닌은 그저 성별이 여자인 친구일 뿐이다. 나는 제닌이 여자라서 괜히 과한 행동을 한다거나 지나치게 대화를 오래 끄는 등의 행동은 하지 않았다. 그저 친구로 다가갔을 뿐이다. 나는 우리 사이의 거리를 적절히 유지하면서 때를 보고 있었다. 그러다가 마침내 용기가 나면 그 말을 물어볼 작정이었다. 그리고 운이 좋으면 긍정적인 답을 듣게 될지도 모르는 일이었다.

하지만 이제 와 돌이켜보니, 내가 물어봐야 했던 게 그것 하나만은 아니었다.

2

항구의 아침

가끔 나는 아침 일찍 구름사냥꾼들이 항구를 떠나는 걸 지켜보곤 했다. 그 모습을 보고 나면 다시 학교로 향하는 게 힘겨웠다. 내 눈에는 오직 구름사냥꾼만 보였고, 머릿속에도 온통 그 생각뿐이었다. 그때 나한테 그보다 더 멋진 삶은 없어 보였다. 보드라운 하얀 구름 조각들을 찾기 위해 하늘을 날아다니는 것만큼 흥미로운 일은 없을 것만 같았다.

하지만 나는 학생일 뿐이다. 그리고 부모님은 행정 업무를 하는 회사원으로 단정한 옷을 입고 정해진 시간에 맞춰 일을 한다. 이런 분들이 구름사냥꾼이 된다는 건 상상도 못할 일이다. 반면 구름사냥꾼들은 귀걸이나 금팔찌, 가락지 같은 장신구들을 하고 다니고, 팔에는 헤나와 문신이 가득하다. 어두우면서도 신비로워 보이는 그들은 마치 집시나 이단아 같다.

구름사냥꾼은 방랑자이자 모험가다. 나는 전쟁에 대해 아무것도 모르면서 군인이 되겠다고 나서는 사람처럼 그저 구름사냥꾼이 되고만 싶었다. 전쟁의 실상, 그 고통과 두려움, 불안, 상실감 같은 것은 아무래도 상관없었다. 그저 천진난만하게 언젠가 저 무리에 합류할 수 있기만을 간절히 원하는 입장에서는 오직 전쟁의 낭만만이 보일 뿐이었다.

나는 그들과 함께 떠나고 싶었다. 멀리 구름을 찾아 태양 위를 날아다니고 싶었다.

물론 그들과 함께 갈 수 없다는 걸 나는 잘 알고 있었다. 한 주 뒤, 한 달 뒤, 혹은 일요일 하루만이라도 말이다. 그게 언제든 간에 내가 갈 수 있는 날이란 없었다.

하지만 그런 나에게 기회가 왔고, 나는 그걸 놓치지 않았다. 아주 잠깐일 뿐이었지만 나도 구름사냥꾼이 될 수 있었다.

나는 운이 좋았다. 나의 이야기는 그렇게 시작되었다.

3

구름의 맛

우리 아빠는 하늘을 날아다니며 재화를 운송하는 무역 회사에 다닌다. 이 주변에는 많은 섬이 있는데 각 섬마다 생산되는 제품들이 다양하다. 그래서 섬들 간에 무역이 활발하다.

운송선들은 규모가 상당히 크다. 평평한 컨테이너선들은 길이가 수백 미터나 되는 것도 있다. 때에 따라 끌배 뒤에 짐 실은 바지선 여러 대를 연결해서 끌고 가는 경우도 있다. 이런 배에는 보통 순찰대가 따라붙기 마련인데, 그들은 바지선 위아래를 돌며 아무도 물건에 손대지 못하도록 살핀다. 하늘 높은 곳으로 올라가면 해적들이 나타나는 경우도 있기 때문이다. 육중한 컨테이너선과 바지선들은 태양풍을 맞으며 장엄한 자태로 느릿느릿 나아간다. 넘실넘실 느리게 앞으로 나아가는 모습이 마치 하늘고래 떼 같다.

순찰대가 주의해야 하는 건 해적만이 아니다. 하늘벼룩과 스카이라이더(sky-rider)도 배에 들러붙지 않도록 신경 써야 한다. 스카이라이더는 고양이만 한 크기의 작은 생물로, 납작하게 뭉개놓은 것 같은 얼굴에 고양이처럼 수염이 나 있고 몸통은 부드러운 털로 덮여 있다. 스카이라이더는 배 밑에 달라붙어 이동하는 일종의 기생 동물이다. 스스로 날 수도 있지만 웬만해서는 직접 날려고 하지 않는다. 태생적으로 게으르기 때문에 한평생 무임승차나 하면서 살아간다.

일반적으로 스카이라이더는 위험한 동물이 아니다. 아니, 한 네댓 마리까지는 위험하지 않다. 하지만 원래 몰려다니는 습성이 있어서 한 마리가 나타나면 다른 스카이라이더들도 따라붙는다. 그렇기 때문에 조심하지 않으면 순식간에 배 전체가 스카이라이더로 뒤덮이게 된다. 스카이라이더는 발에 있는 빨판을 이용해서 선체에 달라붙는다. 이렇게 스카이라이더 떼가 몰려들면 배는 그 무게를 견디지 못하고 밑으로 처지게 된다.

제아무리 커다란 바지선이라도 이렇게 많은 무임승차자들이 몰려들면 하늘 아래로 가라앉기 마련이다. 그러면 연결되어 있던 다른 바지선들도 함께 가라앉아서 결국 태양의 불길 속으로 떨어지게 된다. 그때가 되면 이미 늦은 것이다. 스카이라이더들이 배를 버리고 도망가도, 이미 기울기 시작한 배는 결국 추락하고 만다. 그러면 화물뿐만 아니라 배에 탄 수많은 사람들도 목숨을 잃게 된다.

그래서 순찰대는 소수로 무리를 지어 쉼 없이 바지선 경비에 나선다. 그들은 스카이라이더를 쑤셔대고 발로 차서 한곳에 자리 잡지 못하고 계속 움직이게끔 만든다. 이렇게 쫓아버려도 스카이라이더는 또다시 몰려오기 때문에 순찰대는 이 작업을 여러 번 반복해야만 한다. 하지만 바지선이 육지에서 멀어져 중심 기류에 다다르면 스카이라이더는 거의 없어진다. 그러면 다른 섬에 도착할 때까지는 한숨 돌릴 수 있다.

특이한 사실은 육지에서는 사람들이 스카이라이더를 애완동물로 선호한다는 것이다. 스카이라이더가 가정집 주방이나 바구니 속에 앉아서 오물오물 밥을 먹거나 주인의 무릎에 앉아 있는 모습은 흔히 볼 수 있는 광경이다. 우리 할머니도 스카이푸스라는 이름의 스카이라이더를 한 마리 키우셨다. 스카이푸스는 할머니가 뜨개질을 하면 옆에 있는 창가에 누워 잠을 청하곤 했다. 그다지 쓸모 있는 동물은 아니었다. 하늘쥐를 발견해도 쫓기는커녕 그저 가만히 쳐다볼 뿐이었다.

우리가 사는 이곳에서는 무역이 중요한 생계수단이다. 어떤 섬에서는 과일이 나고, 어떤 섬에서는 기계를 생산한다. 각 섬들은 대체로 자급자족이 가능하지만 필요한 모든 것을 직접 생산하는 섬은 없다. 그래서 항상 왕래할 일이 있고, 대형 무역상들은 황량한 사막을 가로지르는 카라반들처럼 하늘을 날아다닌다.

그리고 물이 있다. 물은 부와 번영을 의미한다. 물은 권력이자 정치적 수단이다. 이곳에서 물이란 역사책에 나오는 구세계의 석유 같은 존재다. 석유를 가진 국가도 있고 갖지 못한 국가도 있었는데, 석유를 가진 국가는 그 가격을 좌지우지하기도 하고 이권이나 호의를 대가로 거래를 하기도 했다고 한다. 또 구세계에서는 석유 때문에 전쟁이 일어나기도 했다는데 여기서도 물 때문에 전쟁이 일어나곤 한다. 이곳에서는 땅을 많이 가진 사람보다 강과 저수지를 가진 사람들이 최상위층에 속한다.

천연 수원(水源)이나 물을 모을 수단이 없는 땅에 사는 사람들은 마실 물과 관개용수를 모두 구름사냥꾼에게 의지한다. 이런 공급 수단이 없으면 많은 사람이 목숨을 잃게 된다.

고객이 끊기는 일은 절대 없다. 부족한 것은 언제나 구름뿐.

나는 제닌한테 구름 물을 조금 갖다 달라고 부탁했다. 그 물맛을 느껴보고 싶었다. 제닌은 바로 전 주말에 수확한 물을 갖고 왔다. 물은 차갑고 달았다. 물에서 그 거리가 느껴졌다. 이 물을 찾기까지의 모험과 여정 그리고 낭만이 고스란히 전해졌다. 제닌한테 이렇게 말했지만, 제닌은 내가 이상한 거라며 일반 물과 다를 바 없는 맛이라고 했다. 맛 자체가 거의 없는 그런 물맛 말이다. 제닌은 그 맛이 물에서 나는 게 아니라 전부 내 머릿속에서 만들어낸 것이라고 했다.

하지만 나는 그렇게 생각하지 않았다.

4

수색꾼

구름사냥꾼의 삶이 늘 좋은 것만은 아니다. 때때로 구름 한 점 없는 날이 몇 주씩 이어지면서 가뭄이 길어진다. 수증기가 피어오르지 않으니 구름도 생기지 않는 것이다. 그래도 구름사냥꾼들은 끝없이 펼쳐진 파란 하늘을 날아다니며 구름을 찾아야 한다. 놀러 가기엔 좋은 날씨지만 돈벌이가 되는 날씨는 아니다.

그렇게 멀리까지 돌아다니다 보면 수확되기만을 기다리는 듯이 떠 있는 오늬무늬의 실안개나 민들레의 하얀 포자 같은 구름들을 찾아내기도 한다.

제닌은 하늘에 구름이 안개처럼 짙게 생길 때도 있다고 했다. 이때는 자기가 어디에 있는지조차 알 수 없을 정도로 구름이 짙어서 계기판에만 의지해 배를 조종해야 한다. 이런 곳에서는 탱크가 금세 농축된 수증기로 가득 차고, 옷도 축축이 젖어서 등에 달라붙는다. 보조 탱크까지 채우고도 여분의 탱크가 더 있었으면 하는 생각마저 들 정도다. 구름사냥꾼들은 남들 모르게 이 보석 같은 장소를 숨겨 그 많은 수증기를 낭비하는 대신, 다른 사냥꾼들에게 무전을 쳐서 여기에 모두가 가져가고도 남을 만큼 충분한 구름이 있음을 알린다.

나는 무형의 흰 구름으로 어떻게 유형의 맑은 물을 만드는지에 대한 이야기를 들을 때마다 항상 감탄하곤 했다. 물은 그 종류와 순도가 다양하다. 씻는 용도, 요리용 그리고 오직 마시는 용도의 음용수가 있다. 음용수는 진귀한 와인처럼 여겨져서 특별한 날을 위해 병에 담아 저장실에 보관해놓기도 한다. 감정사들은 이 물을 한 모금 들이켜 혀 주변으로 굴린 다음 '훌륭한 질감', '수확년도' 등에 대해 말한다. 제닌은 물은 물일 뿐이라고 생각했지만 누군가에겐 그저 단순한 물이 아니었다.

예전 구세계 사람들은 고래 사냥을 했다고 한다.(이곳에서 볼 수 있는 하늘고래가 아니라 진짜로 바다에 사는 고래를 말이다.) 그 당시에는 배의 돛대 꼭대기에 있는 망루에서 망을 보는 사람이 있었다. 한 손은 이마에 붙이고 다른 손으로는 망원경을 들어 수평선을 살핀다. 그러다가 수면 위로 고래가 뿜어낸 거품을 발견하면 "고래가 물을 뿜는다!" 하고 외친다. 그러면 선장은 배를 돌려 고래 쪽으로 향했다.

구름사냥꾼도 똑같다. 구름사냥꾼의 배에는 수색꾼이 있는데, 이들은 구름이 형성되는 위치를 감지하고 어느 방향으로 가야 할지 정한다. 사방을 둘러봐도 구름 한 점 없는 파란 하늘 속에서도 이들은 어디로 가야 할지 안다.

이건 약간의 과학과 기술, 그리고 직감이 살짝 더해진 작업이다. 본능이나 영적인 힘이라고 주장하는 사람들도 있지만, 그게 무엇이든 좋은 수색꾼은 나흘 혹은 닷새나 걸리는 먼 곳에서 형성되는 구름도 감지할 수 있다. 그리고 선장은 수색꾼의 말에 따라 언제든 배를 돌린다. 물론 구름이 정말 거기에 있을 거라는 확신은 없다. 거기에 구름이 있기를 간절히 바라며 믿을 수밖에. 물론 때때로 의구심이 들기도 한다.

텅 빈 하늘을 날아갈 때는 용기가 필요하다. 마실 물의 양은 줄어드는데, 구름이라곤 한 점도 보이지 않으니 말이다. 하지만 어쩌다 순풍이 불면 돛을 펼치고 허공 속을 빠르게 질주할 수 있다. 배를 타고 가다 보면 몇몇 섬들을 지나기도 하는데, 이 섬들은 배보다 위에 있기도 하고 아래에 있기도 하다. 가끔은 섬의 그림자 속을 지날 정도로 가깝게 섬 옆을 지나치기도 한다. 또 어떤 섬들은 아직 한 번도 가보지 못한 저 아래 깊은 곳에 있다. 그곳은 여기보다 훨씬 덥고 많은 면에서 다르다. 심지어 사는 사람들도 다르다. 더 아래로 내려가다 보면 인간이 살 수 없을 정도로 지독하게 뜨거운 섬들이 나오는데, 그곳에는 식물이나 파충류 그리고 비늘이 익힌 가죽처럼 생긴 하늘 깊은 곳에만 사는 하늘고기가 살고 있다. 아니, 그렇다고 사람들이 말한다. 하긴, 사람이 살지도 못하는 곳에 대해 사람들이 뭘 안다고 할 수 있을까?

배를 타고 가다 보면 하늘고기 떼를 만나기도 한다. 맛있는 벌레 두어 개를 미끼로 끼워서 줄을 던지면 끼니를 해결할 정도의 고기를 잡을 수 있다. 망을 던지면 잔치를 벌일 수 있을 만큼 잡힌다.

반투명한 색의 요동치는 정맥 덩어리 같은 거대한 하늘해파리가 떠다니는 모습도 볼 수 있다. 아래로 뻗은 해파리 다리는 길이가 몇 백 미터씩 되기도 한다. 독이 있는 종만 아니면 잡아서 요리를 해 먹을 수 있다. 하늘해파리는 대부분 물로 되어 있다. 별로 구미가 당기진 않지만, 허기지고 목이 탈 때는 게 눈 감추듯 먹어치우게 된다.

수색꾼이 없는 구름사냥선은 그야말로 아무것도 아니다. 수색꾼을 '예언자'라고 부르기도 한다. 수색꾼들은 물이 어디에 있을지, 혹은 구름이 어디에서 생길지를 예언한다. 때로는 배를 움직이지 말고 그대로 있으라고 명령하기도 한다. 그러면 애써 구름을 찾으러 다닐 필요가 없다. 구름이 바로 그 자리로 올 것이기 때문이다. 사람들은 수색꾼의 말에 따라 태양전지판을 닫고 돛을 접는다. 그리고 위성 닻을 내려 위치를 고정한다.

이제부터는 기다리기만 하면 된다. 어쩌면 따뜻한 태양과 희미한 바람 속에서 길고 긴 적막의 시간을 보내게 될지도 모른다. 기다림에는 대가가 따른다. 사람들은 수색꾼을 쳐다보며 의심하기 시작한다. 하지만 수색꾼의 얼굴을 도저히 읽을 수가 없다. 가늘게 뜬 눈은 햇볕에 그을린 얼굴에 난 작은 구멍 같아 보일 뿐이다. 이마저도 선글라스를 쓰고 있으면 보이지 않는다.

잠이 들었다 깼다 하다가 망을 보러 나가보지만 여전히 구름은 오지 않는다. 그렇게 하루가 가고 이틀, 사흘, 나흘이 흐른다. 그쯤 되면 목은 메마른 동굴 같아지고 입 안은 모래 언덕만큼이나 버석해진다. 목소리도 쉰다. 절망과 비난의 눈초리들이 수색꾼에게 향한다.

"당신이 여기서 기다리라고 했잖아. 계속 배를 몰고 갔으면 지금보다 훨씬 상황이 좋았겠지. 저기 저 통들도 물을 가득 채웠을 테고. 그런데 여전히 구름은 올 낌새조차 없잖아."

그래도 수색꾼은 아무 말이 없다. 그저 그늘에 꼼짝 않고 누워서 알 수 없는 표정만 짓고 있다.

시간은 무척이나 더디고 힘겹게 흐른다. 무더운 어느 오후 달팽이가 기어가는 것처럼 말이다. 그들 옆으로는 무늬가 선명한 스카이에인절(sky-angel)과 스카이클라운(sky-clown)이 헤엄치는데, 우주에서 가장 낯설고 초자연적인 생명체처럼 느껴진다. 아니, 어쩌면 물 부족으로 환각 증상이 나타난 건지도 모른다.

그런데 그때…

수색꾼이 움찔한다. 손가락을 움직이더니 눈을 크게 뜬다. 미소를 지으며 천천히 꼰 다리를 푼다. 사람들은 수색꾼만 쳐다본다. 왜 그러는 걸까? 특별히 움직이거나 미소를 지을 일 같은 건 없어 보이는데 말이다. 수색꾼이 바닥에서 몸을 일으킨다. 왜 굳이 일어서서 체력을 낭비하는 걸까? 수색꾼 아저씨, 누워나 있어요. 괜히 멍청한 짓 하지 말고.

그런데 이내 냄새가 나기 시작한다. 시원하고 촉촉한 냄새다. 입에서도 그 맛이 난다. 공기에 수분이 차오르는 게 느껴진다. 응축된 물방울이 떨어지며 입술을 적신다.

마침내 그것이 눈에 보인다. 진짜일까? 신기루는 아닐까? 갈증 때문에 헛것이 보이는 건 아닐까?

하지만 아니다. 구름이다. 배 주변으로 구름이 한 조각씩 형성되고 있다. 곧 안개가 옅게 생기면서 점차 짙어질 것이다. 그러면 이젠 시원함을 넘어 추워질 것이다.

눈 깜짝할 사이에 바로 앞에 있는 손도 보이지 않게 된다. 사람들은 차갑고 축축한 공기를 들이마시면서 신이 나 수색꾼에게 소리친다.

"자네가 맞았어! 드디어 왔어! 구름이 왔다고!"

이제는 일을 할 시간이다. 나머지 선원들을 불러낸다. 짙어진 구름 때문에 갑판 위 선원들의 모습이 둔탁한 형태로만 보인다. 오로지 감에만 의지해 조종실로 가서 엔진을 켜고 압축 장치를 돌린다. 흡입 펌프는 수분을 빨아들여 탱크를 채운다. 마치 배 전체가 살려고 몸부림치는 것처럼 수분을 빨아들인다. 채우고 채워도 억제되지 않는 식욕을 만족시키려는 듯 배는 계속해서 수증기를 삼켜댄다.

탱크를 가득 채우려면 시간이 꽤 걸린다. 이때 아래로 내려가 방수복을 입어야 한다. 그러지 않으면 추위에 몸을 오들오들 떨게 될 것이다. 그런 뒤 다시 갑판으로 올라온다. 머리는 마치 샤워라도 한 듯 젖어 있다. 가시거리는 불과 몇 미터도 되지 않는다. 하늘의 파란색은 기억 저편의 것이 되었고 태양의 열기도 사라졌다. 압축기만이 윙윙 소리를 낸다. 마지막 탱크까지 다 채우고 물이 넘쳐 갑판을 흥건히 적실 때까지 이 소리는 이어진다.

돌아갈 시간이다. 마침내 핸들을 돌려 집으로 향한다. 뱃머리에 앉은 수색꾼의 얼굴에 미소가 그려진다. 손에는 직접 얻은 물이 한 병 들려 있고 옆에는 하늘새우 튀김이 담긴 접시가 놓여 있다. 이번에는 수색꾼이 선원들을 쳐다본다. 마치 '거봐, 내가 그럴 거라고 했잖아. 그런데 내 말 안 믿었지? 수색꾼을 의심하면 못써.' 하고 말하는 듯하다.

그러면 선원들은 단 한 번도 의심한 적 없었던 척, 앞으로도 그럴 일 없을 거라는 척을 한다. 하지만 그것이 거짓임을 그들 자신도 잘 안다. 우리 안에는 의심의 씨앗이 있기 때문이다. 어쩌면 수색꾼의 마음속에도 그 의심의 씨앗이 있을지 모른다. 확실한 것이란 없다. 최고의 사냥꾼도 가끔은 실수하기 마련이다. 그 누구도 항상 옳기만 할 수는 없는 법이다.

나는 이 점에 대해서만큼은 백 퍼센트 확신할 수 있다.

5

초대

"저녁 식사에 누굴 초대했어요."

어느 날 나는 학교에서 돌아와 이렇게 선언했다.

엄마는 기뻐하는 척했다. 나한테 항상 더 사교적으로 행동할 필요가 있다고 말했지만, 막상 실제로 그 일이 닥치니 기쁨보다는 불편함이 앞서는 것이다.

"그래, 그거 좋은 생각이구나." 그렇게 말했지만 주저하는 말 속에서 엄마의 속마음을 충분히 읽을 수 있었다. "주중은 아니면 좋겠는데. 숙제도 해야 하고…."

"금요일요."

금요일이란 말에 엄마도 더는 뭐라고 못 할 것이다. 주말 바로 전이고 금요일에는 숙제할 일도 없으니까.

"그럼 괜찮겠네. 누굴 초대했니? 같은 반 남학생?"

"여자애요."

엄마가 나를 쳐다봤다.

"여자애?"

"놀라실 거 없어요. 여자친구는 아니거든요. 그냥 친구인데 여자인 것뿐이에요."

"그렇구나."

"그리고 미리 말하면, 걔는 흉터가 있어요."

"흉터?"

"여기서부터 여기까지 난 흉터요."

"이런, 끔찍한 일이구나."

"끔찍하지 않아요. 오히려 멋진걸요."

"사고 때문에 생긴 거니?"

"아니요. 그런 건 아니에요. 저도 갖고 싶을 정도로 멋진 흉터예요."

"내 말 잘 들어, 크리스찬! 너, 혹시라도…."

"말이 그렇다는 거예요, 엄마. 절대 그럴 일 없어요. 게다가 엄청나게 아플걸요. 걔가 그러는데, 뭘 마셔서 얼굴에 아무 감각도 못 느끼게 한 다음에 뾰족한 칼로…."

엄마의 얼굴이 파랗게 질렸다.

"그 얘기는 이 정도면 충분한 것 같구나. 그래, 저녁 먹으려고 그 여자애를 초대했다고?"

"엄마가 허락하시면요."

나는 제닌을 초대하면 저녁 식사 때 올 거라고 생각했다. 사실 아직 묻지는 않았다. 어쩌면 제닌이 엄마와 배를 타고 나갈 수도 있지만, 이번 주는 공기가 축축해서 습도도 높고 사방에 구름이 있었다. 그래서 주말에 나가지 않을 거라고 생각했다.

"그래, 엄마는…."

하지만 엄마는 안 된다고 말하지 못할 것이다. 만일 안 된다고 하면 지금껏 엄마와 아빠가 나한테 강조했던 모든 것에 반하는 게 되기 때문이다. 관용과 포용, 그리고 약자에 대해 편견을 가지면 안 된다….

엄마의 대답은 내 예상대로였다.

"그런데 아빠가 뭐라고 하실지 모르겠네."

아빠가 뭐라고 할지 상상조차 되지 않았다. 아빠가 저녁 식사 후 딸을 데리러 온 제닌 엄마를 보고 큰 키, 검은 머리, 초록빛 눈 그리고 얼굴에 난 흉터에 놀라 절로 턱이 벌어지는 모습만 머릿속에 그려졌다.

아빠는 어쩌면 도망을 칠지도 모른다. 나는 그렇게 생각했다.

하지만 내 생각이 틀렸다.

그날 저녁, 엄마가 아빠한테 저녁 식사 초대 건에 대해 말했다.

"얼굴에 흉터가 있는 여자애래."

아빠가 신문을 보다 말고 나를 봤는데, 어쩐 일인지 표정이 즐거워 보였다.

"구름사냥꾼이니?"

나는 고개를 끄덕였다.

아빠도 고개를 끄덕였다.

"그래. 오라고 하렴."

그때 문득 바지선과 무역선의 하역을 관리하고 이 세계에 있는 모든 섬을 드나드는 배들을 감독하는 인터아일랜드 스카이 무역 회사에서 일을 하면 으레 구름사냥꾼들과 마주칠 일이 많을 수밖에 없겠다는 생각이 들었다.

어쩌면 내가 평소 아빠를 과소평가했던 건지도 모른다. 아빠는 매일같이 카니쉬나 칼라 같은 사람들과 가격 흥정을 하고 탱크 속 물의 양이나 선창 안에 쌓인 쌀의 품질을 가지고 논쟁을 벌일지도 모른다. 아빠가 직접 여기저기 돌아다니지 않는다고 해서 생각이 꽉 막힌 사람이라고 할 순 없다. 평생을 돌아다닌 사람보다 오히려 아빠가 더 다양한 섬에서 온 사람들을 많이 만나봤을 수도 있다. 아빠는 공통 방언을 포함해서 적어도 다섯 개의 언어를 유창하게 구사하고, 그 외에도 몇 가지 언어를 어느 정도 할 줄 안다.

"데려와. 한번 보고 싶네." 아빠가 다시 말했다.

나는 알겠다고 대답했다.

하지만 그러자면 먼저 제닌을 설득해야 했다.

나는 결국 가장 중요한 것은 단정한 외모 혹은 적어도 그렇게 보이도록 하는 거라는 사실을 깨달았다. 엄마는 단정하게 보이는 것에 대해 신경을 많이 썼다. 어쩌면 실제로 단정한 것보다 그렇게 보이는 것에 더 관심이 많을 것이다.

하지만 제닌의 엄마는 얼굴에 두 개의 깊은 상처가 있고 검은 곱슬머리가 어깨를 뒤덮고 있다. 그리고 칼라의 수색꾼 카니쉬는 기분이 좋지 않은 날에는 이유 없이, 그리고 기분이 좋은 날에는 재미로 사람을 죽일 것처럼 생겼다.

제닌 역시 자기 엄마처럼 얼굴에 흉터가 있고, 손에는 복잡한 문양의 헤나가 가득하다. 물론 이들은 두말할 것 없이 착하고 배려심이 있는 사람들이지만, 겉으로 보기에는 절대 그렇지 않다.

그렇다면 이들은 어떻게 생겼다고 할 수 있을까? 보통 사람들은 이들을 보고 킬러, 이단아 혹은 망명자 같다고 할 것이다. 과연 나의 고상한 부모님은 내가 이렇게 생긴 사람들과 함께 구름 사냥을 간다고 하면 허락하실까? 만일 이들이 성직자나 성가대원처럼 생겼다면 훨씬 수월할 것이다.

하지만 외모가 전부는 아니지 않은가. 그 사람을 조금이라도 알고 나면 우리는 그에 대해 갖고 있던 편견이나 의심을 거두기 마련이다. 그리고 그와 다른 점보다는 비슷한 면이 더 많음을 깨닫게 된다. 나처럼 엄마도 이걸 경험하게 될 거라고 확신했다.

나는 원래 뭔가를 이해하는 데 시간이 오래 걸리는 편이지만, 이번에는 여정의 절반이 넘어서야 비로소 뭔가를 깨닫기 시작했다. 사람들은 남들이 자기를 보는 것처럼 자기를 보지 않는다. 자기는 마음에 안 드는 게 있을지라도 다른 누군가는 그걸 멋지게 볼 수 있고, 남들은 단점이라고 생각하는 부분을 스스로는 가치 있다고 생각할 수도 있다. 제닌의 흉터가 바로 그 예다. 보통 사람들이 제닌을 보면 그 흉터가 제닌을 더 아름답게 만든다고 생각한다. 하지만 제닌의 마음속에는 복잡한 사정이 있었다. 제닌은 스스로를 아름답다고 생각하지 않았고 흉터도 싫어했다. 어떻게 그런 생각을 하게 되었는지 모르겠지만, 제닌은 자기가 못생겼다고 믿었다.

6

거절

"됐어."

나는 제닌이 거절할 거라곤 전혀 생각 못 했다. 오히려 기뻐하고 고마워할 거라고 기대했는데.

나는 그저 우리 집이 꽤 널찍하니 한번 놀러 오라고 호의를 베풀었을 뿐이다. 우리 집은 시야를 가리는 것 없이 뻥 뚫린 하늘이 보이는 하늘가에 있어서, 볼 때마다 숨이 멎을 것 같은 풍경을 자랑한다.

집에서 나와 몇 걸음만 걸으면 하늘가가 나온다. 앞으로는 다른 섬들이 보이고 밑으로는 거대한 공허의 공간이 자리하고 있다. 그 광경을 볼 때면 머리가 도는 것 같은 기분이 들면서 아득해진다. 하지만 추락할까 봐 겁이 나진 않는다. 나는 하늘수영을 꽤 잘한다. 못해도 300~400미터는 헤엄칠 수 있으니 말이다.

하늘수영을 하늘을 나는 거라고 생각할 수도 있는데, 이건 나는 게 아니다. 하늘수영은 조금 다른 동작으로, 새가 날기 위해 하는 몸짓이라기보다는 물에서 헤엄치는 모습에 더 가깝다. 이곳의 공기는 무겁다. 따라서 기술을 배우기만 하면 공중에 떠서 헤엄칠 수 있다. 옛날 지구의 공기가 커다란 독수리를 떠 있게 할 수 있었다면, 지금의 공기는 사람을 띄울 수 있다. 기류와 상승기류를 이용할 줄만 안다면 말이다.

하지만 당황하거나 긴장하면 추락할 수도 있다. 그리고 떨어지면 떨어질수록 힘을 받아 멈추기가 더 어려워진다. 멈추는 게 불가능한 시점에 도달하면 결국 불길 속으로 곤두박질치게 될 것이다. 위안이 될지는 모르겠지만, 아마 불길 속으로 떨어지기 전에 의식을 잃게 될 것이다.

나는 어릴 때부터 공중에서 수영을 했다. 우리 집 근처에 있는 하늘가에는 기둥에 안전망이 쳐져 있다. 안전망이 있는 곳에서는 중심을 잃어도 문제가 되지 않는다. 안전망이 우리를 잡아주기 때문에 저 멀리 밑으로 떨어지지 않는다.

대부분의 사람들은 어릴 때 공중에서 수영하는 법을 배운다. 부모들은 몇 개월밖에 안 된 아이를 데리고 하늘가로 가서 공중에서 수영하는 재미를 느끼게 한다. 아직 무언가를 무서워하기엔 이른 나이이기 때문이다. 두려움을 아는 나이가 될 때까지 하늘수영을 배우는 일을 미뤄버리면 저 아래로 느껴지는 그 끝없는 거리감으로 인해 극심한 공포를 느끼고, 결국 날 수 없게 된다.

"안 된다고?" 나는 단순히 실망만 한 게 아니라 당황스럽기까지 했다. "저녁 먹으러 오지 않겠다는 거야? 아니, 왜?"

"가기 싫을 수도 있지."

그럴 수도 있겠지만 그게 전부가 아닌 것 같았다. 게다가 사실을 말하고 있는 것 같지도 않았다.

"메뉴도 네가 선택할 수 있어."

"고맙지만, 됐어."

그제야 나는 이해했다. 제닌의 외모 때문이었다. 제닌의 옷차림, 짙은 머리, 그을린 피부, 맹수의 발톱처럼 날카롭게 손질한 손톱, 그리고 얼굴에 난 흉터 때문이었다. 용감하고 당차 보이는 제닌이지만, 어쩌면 그 속은 그렇지 않을 수도 있다. 세상에서 가장 용맹해 보이는 저 외모 뒤에는 아마 그 누구보다도 섬세한 모습이 숨겨져 있는 건지도 모른다.

제닌은 내성적이며 수줍음이 많았고, 자기한테 익숙한 것들로부터 벗어나는 것을 경계하고 있었다. 그게 분명했다. 그런데 어떻게 보면 당연한 일이지 않을까? 제닌한테 우리는, 우리에게 제닌과 제닌의 엄마 그리고 카니쉬만큼이나 낯설고 다른 존재일 것이다.

제닌은 배 위에 살고 대부분 갑판에서 잠을 잔다. 어쩌면 평생을 거의 그렇게 살아왔을 것이다. 소문에 의하면, 제닌은 자기 아빠가 거대한 열기포 폭풍 한가운데로 떨어지는 모습을 직접 봤다고 한다. 제닌은 바람에 나부끼는 나뭇잎처럼 공중에서 펄럭이며 날아다니다 끝내 추락하는 아빠의 모습을 모두 목격했다. 아니, 그랬다고 한다.

어쩌면 제닌은 하늘상어들이 동그란 눈을 반짝이고 지느러미를 꿈틀대며 아빠를 뒤쫓는 모습도 봤을지 모른다. 이 상어들은 이빨이 너무 많아서인지 제대로 입을 닫지 못한다. 또 날개만큼이나 넓은 지느러미를 갖고 있다. 그래서 죽을 때가 아니고는 절대 추락하는 법이 없다. 하늘상어들은 태양의 열기도 견뎌내기 때문에 태양 아주 가까이까지 헤엄쳐 갈 수 있고, 언제든 다시 위로 돌아올 수 있다.

무시무시한 모습에도 불구하고 길쭉한 몸매의 하늘상어들은 한편으론 우아하다. 위협적이면서 동시에 아름답다. 때때로 하늘상어들이 지나치게 육지 가까이로 날면서 우리를 내려다보면 그 검정 구슬처럼 반짝이는 눈과 마주칠 때가 있다. 하늘상어들이 너무 낮게 날면 사람들은 실내로 뛰어 들어가거나 돌을 줍고 새총을 준비한다. 하지만 보통 이렇게까지 할 필요는 없다. 하늘상어들은 사람들과 육지를 좋아하지 않는다. 하늘상어들은 어딘가에 매여 다시 날지 못하게 되는 걸 두려워한다.

나는 제닌한테 아빠의 일에 대해 묻고 싶었다. "미안한데, 네 아빠가 폭풍에 쓸려 가서 산 채로 하늘상어 밥이 됐다는 게 사실이니?" 하지만 그런 걸 어떻게 물어볼 수 있을까.

그래서 나는 그저 제닌을 설득하기 위해 노력했다.

"왜 안 되는데? 이유가 뭔데?"

"난 집이 싫어, 크리스찬. 미안. 집에 들어가면 왠지 갇힌 기분이 들거든. 교실에 있는 것만으로도 폐쇄공포증이 생기는걸."

"하지만 우리 집은 꽤 넓어. 너희 배보다 클걸?"

"그럼, 갑판도 있어?"

"발코니가 있지. 네가 원하면 밖에서 먹어도 돼."

"나도 나이프랑 포크 사용할 줄 알아!"

"그런 뜻이 아니라…."

"그리고 사람들이 나 쳐다보는 것도 싫어."

"아무도 널 쳐다보지 않을 거야."

"너도 날 쳐다보잖아. 항상."

"그건 다르지. 그건 말이야…."

"뭐?"

제닌에게서 눈을 뗄 수 없기 때문이라는 말을 나는 할 수가 없었다. 그래서 그저 부정할 수밖에 없었다.

"우리 부모님은 굉장히 예의를 중시하셔서 다른 사람을 빤히 쳐다보는 행동 같은 건 안 하셔."

"속으로는 다른 생각을 하실 것 같은데."

"그렇지. 너를 만나게 돼서 얼마나 좋은지에 대해 생각하시겠지."

제닌이 눈을 굴렸다. 내 말이 유치했다는 걸 안다. 하지만 말을 예쁘게 하면 항상 통하기 마련이다. 가끔은 유치할수록 좋다.

"공중에서 수영도 할 수 있어. 우리 집 근처에 하늘가가 있거든. 안전망이 있어서 안전해. 그리고 수영장도 있어. 늘 이용할 수 있는 건 아니지만. 뭐, 물이 항상 많은 건 아니니까. 그래도 요즘은 수영장에 종종 물이 채워져 있어. 다 채우진 못했지만 그래도 충분히 깊어. 내 말은, 아주 큰 수영장은 아니지만…."

수영장에 대해 말한 게 통했나 보다.

"알겠어. 갈게. 나도 물에서 수영해본 지 오래됐거든. 거의 기억도 안 날 정도로 말이야."

"수영복 있어?"

"내가 수영복 없이 수영할 것 같아?"

하지만 그건 알 수 없는 일이다. 구름사냥꾼들은 항상 예측 불가다. 그들은 우리와 종족부터가 다르다. 구름사냥꾼들은 언제나 자기들이 하고 싶은 대로 할 수 있다.

7

공중의 세계

    이곳에서는 섬과 섬 사이를 어떻게 이동하고 여행하는지 궁금할 것이다. 거의 모든 사람들이 하늘배를 타고 이동하는데 속도는 그리 빠르지 않다. 하늘배는 섬 사이를 이동하는 유일한 교통수단으로 그 종류가 많다. 인근 섬을 갈 때도, 멀리 떨어진 섬을 갈 때도 하늘배를 타고 이동한다.

    같은 구역 내 작은 섬들이나 다른 구역을 갈 때는 하늘버스나 하늘페리를 탈 수도 있다. 하지만 장거리 배는 자주 다니지 않는데다 이용 금액도 굉장히 비싸다. 그렇기 때문에 가능하면 이동 수단을 직접 갖추고 있는 게 가장 좋다.

    모든 구역을 구석까지 다 가봤거나 위치를 아는 사람은 없다. 하늘은 그저 끝없이 펼쳐져 있기 때문에 눈으로는 끝나는 지점을 볼 수 없다. 평생을 돌아다닌다 해도 항상 무언가 새로운 것을 만나게 된다.

우리는 하늘에 살고 있지만 이곳에서는 비행기가 크게 쓸모 있지 않다. 제트엔진은 단시간에 과열되어 무거운 공기 속에서 폭발할 것이다. 마치 시럽이 제트엔진에 잔뜩 묻어 있기라도 한 것처럼 말이다. 그리고 어차피 비행기는 배보다 빠르지 않다. 그러니 무슨 소용이 있을까? 우리가 타는 하늘배는 바람에 실려 움직이고 태양의 힘으로 이동한다.

이곳에는 구세계처럼 커다란 대륙이 없다. 그리고 대양이나 바다도 존재하지 않는다. 이곳에는 섬만이 존재하고 이 섬들은 각각 다른 높이에서 뜨거운 핵을 중심으로 위성처럼 회전한다. 마치 무거운 공기 중에 떠 있는 거대한 뗏목들 같다.

섬들은 대체로 안정적이다. 하지만 가끔 기류로 인해 흔들리거나 사나운 난기류와 자기장 폭풍의 공격을 받기도 한다. 그러면 섬은 지진이라도 난 것처럼 진동한다. 이때 발밑의 땅이 흔들리는 게 느껴지고 부엌 찬장 속 그릇들이 달그락거리는 소리를 들을 수 있다. 진동 때문에 속이 안 좋아지기도 한다. 하지만 섬이 흔들리는 게 멈추면 멀미는 곧 가라앉는다.

섬들은 큰 것부터 작은 것까지 그 크기가 다양하다. 넓이가 겨우 몇 백 미터밖에 안 되는 섬이 있는가 하면, 횡단하기까지 며칠 혹은 몇 주씩 걸리는 섬도 있다. 하지만 그렇다 해도 여전히 섬은 섬일 뿐이다. 부력만 있으면 아무리 작은 섬이라도 자리를 지키며 존재할 것이다. 하지만 섬이 부서지거나 궤도에서 벗어나 이웃 섬과 부딪치기라도 하면 추락할 수도 있다. 그러면 그대로 끝이다.

이곳의 짙은 공기는 산소 함유량이 높다. 하지만 이런 공기에 익숙하지 않으면 숨이 찰 수 있다. 폐로 숨을 제대로 쉬기가 어려워서 가쁜 숨을 내쉬며 헐떡이게 될 것이다. 죽지는 않겠지만 이곳에 마침내 적응하기까지 그저 가만히 앉아서 숨을 마시고 내뱉는 일이 전부일 것이다. 그 과정은 한 달 혹은 그 이상 걸릴 수 있다.

첫 이주자가 이곳에 정착한 이후 사람들은 몇 세대에 걸쳐 이 공기를 마셔왔다. 처음 이곳에 도착한 개척자들이 눈부신 새 땅을 좀 더 자세히 보기 위해 헬멧의 얼굴 가리개를 올렸을 때는 숨을 쉬기 힘들었을 것이다. 그러나 그들의 후손인 우리는 이곳에 적응했고, 진화했다. 우리의 폐는 등산가의 폐처럼 튼튼하다.

우리가 거주하는 온대 섬들은 중간 높이에 있다. 우리보다 위 또는 아래에 위치한 섬들도 있다. 아래에 있는 섬들은 훨씬 덥고 위에 있는 섬들은 훨씬 춥다. 위에는 눈이 내리는 섬도 있다고 하는데, 실제로 본 적은 없다. 이 섬들을 전체로 놓고 봤을 때, 온대 지역은 가는 띠처럼 살기 적당한 작은 섬들이 길게 가로로 줄지어 있다.

섬들마다 기후가 다르다 보니 사는 사람도, 기질도 모두 다르다. 왜 이래야만 하는지는 아무도 모른다. 하지만 이게 이치인 것 같다. 게으른 사람, 부지런한 사람, 전쟁이 끊이지 않는 곳, 벌레를 잡지 않는 곳 등등 다양하다.

아주 오래전 섬들은 하나의 지구에 속해 있었는데 핵이 폭발하면서 지구가 산산조각 나고 그 파편들이 대기 중으로 날아가버렸다고 한다. 그러면서 공기의 농도를 포함한 모든 것들이 순식간에 변해버렸을 것이다. 핵은 남았지만 부서진 조각들은 원래의 위치로 돌아가지 않았다. 이 조각들은 궤도로 진입했고, 지금의 섬들이 되었다.

그후 인구 과밀과 환경오염으로 엉망이 된 다른 세계의 사람들이 이곳으로 왔다. 그들은 각 섬에 정착했다. 이곳은 예나 지금이나 이주자 모두를 수용하고도 남는다. 지금도 많은 섬이 비어 있는데, 그 수는 아마 천이 넘을 것이다.

하늘에 떠 있는 작은 섬에 산다고 하면 이상하게 볼 수도 있겠지만, 나한테 이보다 자연스러운 삶은 없다. 이것이 내가 아는 전부이기에.

정원보다 겨우 조금 더 큰 섬들도 있다. 일부 별난 사람들은 그런 작은 섬을 선택해서 행복하게든, 불행하게든 홀로 살아간다. 배를 타고 다니다 보면 그런 작은 섬에서 혼자 사는 은둔자들을 볼 수 있는데, 이들은 우리를 향해 다정하게 손을 흔들기도 하고, 새총이나 석궁을 손에 쥐고 위협적으로 노려보기도 한다. 너무 가까이 다가오거나 단 1초라도 여기에 정박할 생각은 꿈에도 하지 말라는 경고의 의미로.

하지만 그런 바윗덩이 섬들에는 그들만 살고 있는 게 아니다. 하늘물개 역시 그런 섬에서 일광욕을 하는 걸 좋아한다. 크고 뚱뚱한 풍선같이 생긴 이 동물은 느리게 움직인다. 살들은 처져서 접혀 있고 수염은 성글다. 포효하는 소리는 크고 사납지만 이는 그저 공허한 위협일 뿐이다. 하늘물개는 뭔가를 하기엔 너무 뚱뚱하고 게으른데, 하늘고기가 옆으로 지나갈 때만큼은 재빠르게 바위에서 떨어져 손쉽게 사냥을 한다.

8

하늘수영

결국 제닌은 저녁 식사를 하러 우리 집에 왔다. 아주 단정하고
세련된 모습이었다. 심지어 제닌은 자기 칼도 배에 놓고 왔다. 하
긴, 제닌은 학교에 올 때도 칼을 두고 온다. 하지만 부둣가에서
제닌을 봤을 때는 벨트에 칼이 꽂혀 있었다. 제닌의 엄마와 수색
꾼 카니쉬 역시 늘 칼을 갖고 다녔다.

"좋은 아이 같구나."

제닌이 떠난 후 아빠는 이렇게 말했다. 엄마는 그저 제닌이 칼
을 차고 오지 않았다는 것만으로도 안심이 된 듯했다.

"어린 여자애 얼굴에 그런 흉터를 내다니." 엄마가 말했다.

"그게 전통이니까. 당신도 귀를 뚫었잖아." 아빠가 어깨를 으쓱
하며 지적했다.

"그거랑은 다르지." 엄마가 받아쳤다.

도대체 뭐가 다르다는 건지 나는 정말 모르겠다. 눈에 덜 띄어

서일 수도 있고, 덜 과격해 보여서일 수도 있다. 하지만 나한텐 그게 그거였다.

제닌은 우리 부모님이 계실 때는 말을 많이 하지 않았다. 그리고 어떤 걸 봐도 시큰둥해 보였다. 그런데 내가 방 구경을 시켜주자, 방에 있는 물건들을 보고 제닌의 눈이 커졌다.

식사 후 우리는 바깥에 잠시 앉아 있다가 풍경을 보기 위해 절벽 끝으로 갔다. 제닌은 절벽 끝자락에 서서도 전혀 무서워하는 기색이 없었다. 오히려 발아래로 설치된 안전망을 보고는 자기 스타일이 구겨지기라도 한다는 듯 못마땅한 눈치였다. 그래서 우리는 경고판이 세워진 곳까지 걸어갔다.

위험: 하늘수영 숙련자 외 접근 금지

거기에는 안전망이 없었다. 밑으로 그저 텅 빈 공간만이 펼쳐져 있었다.

제닌이 바위에 앉아 아래를 내려다봤다.

"크리스찬, 이리 와봐. 내 옆으로 와. 뭘 망설이는 거야?"

나는 현기증이 가시기를 기다리고 있었다.

"왜? 무서워?"

제닌이 그렇게 생각하도록 내버려둘 수 없어서 나는 절벽 끝으로 갔다. 그리고 아래에 있는 허공을 뚫어져라 내려다봤다.

우리 아래로 헤아릴 수도 없이 먼 곳에 태양이 있다. 해와 우리 사이에는 수백, 수천 개의 섬들이 각기 다른 높이에서 돌고 있다.

어떤 섬은 너무 멀리 떨어져 있어서 눈으로 보면 그저 작은 점 같아 보인다. 그리고 머리를 돌려 위를 쳐다보면 또 수천 개의 다른 섬들이 있다.

제닌은 바위 끝에 서 있었다. 발꿈치만 바위에 닿아 있고 발가락은 공중에 떠 있었다. 나는 제닌이 바위 밑으로 떨어질까 봐 겁이 났다. 너무 당황해서 수영하는 방법을 잊어버리고 그대로 태양까지 추락해 결국에는 타버린 성냥개비처럼 될까 봐.

"나라면 그렇게…."

"나라면 뭐?"

"그러니까 내 말은 좀 더 조심할 거라고."

제닌이 미소를 지어 보이며 비틀거리는 척했다.

"걱정돼?"

"아니."

"넌 지금 걱정하고 있잖아. 뭐가 걱정되는데?"

"난 아무 걱정도 안 해."

"너, 집에 수영장 있다고 했지?"

"맞아."

우리는 하늘가를 떠나 집으로 돌아왔다. 나는 물이 증발하는 걸 막기 위해 수영장 위에 덮어놓은 천막을 걷어냈다. 물은 반도 차 있지 않았다. 아빠는 물값이 떨어지거나 비가 오면 수영장에 물을 가득 채워주겠다고 했다. 그래도 다이빙만 하지 않는다면 수영을 하기엔 충분히 깊었다. 우리는 옷을 갈아입고 물장구를 치며 수영했다. 그러다 침대 튜브에 누워서 물위를 떠다녔다.

"제닌."

"응?"

"학기 끝나고 방학이 시작되면 뭐 할 거야?"

"사냥 가야지."

물론 나는 알고 있었다. 제닌이 뭘 할지 정말로 궁금해서 물은 게 아니라 다른 얘기를 꺼내기 위해 물은 것뿐이었다.

"얼마나 멀리 가? 하루 동안만 나가는 거야?"

"아니. 멀리, 아주 멀리 갈 거야."

"어디로 가는데?"

제닌이 고개를 돌려 나를 쳐다봤다.

"그건 왜 묻는데? 넌 나한테 왜 친절하게 대하는 거야? 원하는 게 뭐야?"

나는 그저 어깨를 으쓱했다.

"원하는 거 없어. 난 네가 좋거든. 그리고 그냥 궁금해서 묻는 것뿐이야. 그게 나쁜 건 아니잖아, 안 그래?"

"그래, 나쁜 건 아니지."

제닌은 만약 수영장이 가득 찼다면 수심이 깊었을 곳까지 튜브를 탄 채 흘러갔고, 손가락과 발가락으로 물을 튀기며 노를 저어 다시 돌아왔다.

"그래서 어디로 가는데? 멀리 떠날 때는 어디로 가는 거야?"

"보통 금단의 제도 너머까지 가서 반대자들의 제도로 가."

"왜?"

"당연히 물을 갖다 주러 가는 거지. 그게 우리가 하는 일인걸. 배 타고 나갈 때마다 한두 번씩 들러. 그 사람들은 우리가 갖다 준 물하고 거기서 직접 만드는 물로 가까스로 버텨. 우리가 다시 방문할 때까지 말이야. 그 사람들은 우리한테 많이 의지해. 거기까지 가는 사람들은 거의 없거든. 구름사냥꾼 말고는."

"왜? 왜 사람들이 거기를 안 가려고 하는 거야?"

"사람들은 무서워하거든."

"뭘?"

"이웃에 있는 섬을. 근처에 있는 금단의 제도 말이야."

"넌 안 무서워?"

"물론 우리도 무섭지. 하지만 우린 조심하거든."

"그런데도 계속 반대자들의 제도에 물을 주러 가는 거야?"

"만약 우리가 가지 않으면…."

제닌이 말끝을 흐렸다. 몸을 돌리고 있는 제닌의 모습은 햇살 아래서 잠이 든 것처럼 보였다.

"제닌!"

내가 소리치며 제닌한테 물을 살짝 튀기자, 제닌이 나한테 엄청난 물세례를 퍼붓기 시작했다. 여자애들은 늘 이런 식이다. 여자애들은 복수를 할 때 항상 끝을 봐야만 한다. 받은 만큼 돌려주는 게 아니라 열 배로 갚는다.

"제닌! 이렇게까지 할 건 없잖아?"

"네가 먼저 시작했잖아."

"살짝 튀긴 것뿐이야."

"이제 알았지? 다시는 이러면 안 된다는 걸."

"난 그냥 끝까지 하라고 그런 거야."

"뭘 끝까지 해?"

"아까 말하던 거."

"내가 무슨 말을 했었지?"

"반대자들의 제도 말이야. 너희 배 말고는 그곳에 물을 주러 가는 사람이 아무도 없다고 했잖아. 그런데 물을 안 갖다 주면 거기 사람들한테 무슨 일이 생기는지는 말해주지 않았거든."

제닌이 햇빛 때문에 얼굴을 찡그린 채 반쯤 감은 눈으로 나를 쳐다봤다.

"당연히 죽겠지. 갈증 때문에, 천천히."

나는 잠시 제닌을 가만뒀다. 그런 뒤 손으로 노를 저어 그 옆으로 갔다.

"구름사냥을 떠나는 건 어떤 기분이야?"

제닌이 고개를 들고 손에 턱을 괴었다.

"모르겠어. 다른 건 어떤데? 하늘가 바로 옆에 이렇게 큰 집에 살면서 수영장을 갖고 있는 기분 말이야."

"모르겠어. 그냥 그런가 보다 하지. 이런 익숙한 것들은 흥미롭지 않아. 내가 모르는 것들이 흥미롭지."

"음, 그렇구나."

제닌이 그렇게 대꾸하고는 침대 튜브에서 내려와 계단으로 헤엄쳐 갔다.

나는 여전히 제닌이 언제 한번 주말에 같이 떠나보지 않겠냐고 물어봐주길 기다리고 있었다. 하지만 제닌은 내 말에서 힌트를 얻지 못했다. 내가 티를 확실히 내지 않았기 때문인지 모른다. 좀 더 명확히 말해야 했는데.

잠시 후 제닌의 엄마가 제닌을 데리러 왔다. 왜 굳이 제닌을 데리러 왔는지 모르겠다. 분명 제닌은 혼자서도 집에 잘 갈 수 있고, 아니면 내가 데려다줄 수도 있는데 말이다. 어쩌면 제닌의 엄마는 그냥 궁금했던 것일 수도 있다.

아빠가 문을 열어주고는 상냥하게 맞이하며 안으로 들어오시라고 권했다. 하지만 제닌의 엄마는 공손히 거절하면서 내일 일찍 일이 있어 제닌을 데려가야 한다고 했다.

엄마도 나와서 인사했다. 제닌 엄마의 옆에 서자, 우리 엄마가 마치 호랑이 옆에 있는 애완용 고양이 같아 보였다.(이곳에는 호랑이가 없지만, 그림으로 본 적이 있다.) 한 명은 가정에 익숙하고 다른 한 명은 야생에 익숙하다. 둘 다 같은 인간이지만, 꽤나 다른 부류였다. 그래도 서로 충분히 예의를 지켰다. 우리 엄마는 예의범절이 최우선이라는 말을 맹신한다. 예의만 잘 차리면 어떤 위기 상황도 모면할 수 있다고 생각한다.

제닌이 작별 인사를 한 뒤 자기 엄마와 함께 우리 집을 떠났다.

두 사람은 단 한 번도 뒤를 돌아보지 않았고, 나는 시야에서 그들이 사라질 때까지 지켜봤다. 두 사람은 마치 나긋나긋하고 호리호리한 엄마 호랑이와 아기 호랑이처럼 고양잇과 동물의 우아함을 뽐내며 느긋하게 걸어갔다.

걸어가는 모녀의 500미터쯤 위에서 두 마리의 스카이핀이 신나게 노는 모습이 보였다. 스카이핀이 왼쪽으로 헤엄쳐 가고 몇 분 지나지 않아 하늘상어가 나타났다. 만일 스카이핀이 하늘상어한테 잡히면 다음 날 그 아래에는 피가 얼룩져 있을 것이다.

그다음 주, 학교에서 만난 제닌은 우리 집에 왔던 것에 대해 한마디도 하지 않았다. 나는 백 개의 힌트를 줘도 제닌이 내 말뜻을 전혀 알아채지 못하는 아이라는 걸 깨달았다. 만일 상대에게 뭔가를 원한다면, 솔직하게 물어보는 게 답이다.

"묻지 않으면 가질 수 없다." 아빠는 자주 이 말을 했다. "물론 묻는다 해도 항상 가질 순 없지. 그렇지만 적어도 가질 기회가 생기는 것 아니겠니?"

나는 아빠가 하는 많은 말에 반대하는 편이지만, 이것만큼은 동의한다.

9

금단의 제도

금단의 제도에 대해 간단히 설명하자면, 우선 이 제도는 어둠의 제도 너머 중심 기류 동쪽에 있는 일련의 섬들이다.(중심 기류는 이 세계의 주요 고속도로다. 이 하늘길을 타고 가면 웬만한 곳은 다 갈 수 있다.)

두 번째로 알아야 할 점은 괜히 이름이 금단의 제도가 아니라는 것이다. 그리고 세 번째는, 꼭 가야만 하는 이유가 있는 게 아니라면 가지 않는 게 좋다는 것이다.

만약 그곳에 가보고 싶은 사람이 있다면, 그 사람은 정신이 나간 게 분명하다. 금단의 제도 사람들만큼이나 정신이 나간 것이다. 괜히 이런 말을 하는 게 아니다. 금단의 제도에는 온갖 종류의 광기가 존재한다. 섬마다 각기 다른 종류의 광기 어린 사람들이 살고 있고, 모든 부류의 정신 나간 사람들이 모여 있는 섬도 있다.

이 섬에 '금단'이라는 이름이 붙은 건 우리가 갈 수 없어서가 아니다. 언제든지 원하면 갈 수 있다. 다만, 그곳에 가면 그곳만의 엄격한 규율을 따라야 한다. 만일 따르지 않으면 다시는 그 섬에서 나오지 못할 수도 있다는 걸 각오해야 한다.

보통 금단의 제도는 그곳에서 하면 안 되는 '금단 행위' 때문에 이런 이름으로 불린다. 한 예로, 금단의 제도 북쪽 여자들은 절대 머리를 짧게 자르면 안 된다. 항상 머리카락이 귀를 덮을 정도의 길이가 되어야 한다. 그리고 남쪽 남자들은 깔끔하게 면도를 해야 하고 절대로 수염을 길러서는 안 된다. 북쪽 여자들이 머리를 짧게 자르면 그 벌로 귀가 잘리고, 남쪽 남자들이 수염을 기르면 그 벌로 코가 잘린다. 또 남동쪽에서는 모든 사람이 장갑을 껴야 하는데, 이를 어길 경우에는 손이 잘린다. 아무도 왜 그래야만 하는지 말해주지 않지만, 전해지는 바에 따르면 장갑을 안 끼면 손이 더러워지기 때문이라고 한다.

금단의 제도 사람들은 마치 신념과도 같이 다른 섬들의 의견이나 관습에 무조건 반대하고 나선다. 사실 이들은 정기적으로 자기들끼리 전쟁을 벌인다.(이걸 금지하려는 사람은 아무도 없는 것 같다.)

금단의 제도 사람들은 타인에 대한 인내심이 없는 걸로 유명하다. 이곳은 우리가 상상할 수 있는 모든 편협하고 이상한 신념이 총집합한 곳이다. 누구든 이곳에 발을 내디딜 수 있지만, 위험을 각오하고 모험을 해보거나 아니면 (잠시라도) 이들에게 순응해야 한다. 모험에 위험이 뒤따른다는 건 금단의 제도에서 다시는 벗어나지 못할 수도 있다는 뜻이다. 금단의 제도 사람들과 싸움이 붙는다거나 첩자로 체포되면 쓰레기통만 한 크기의 감옥에 20년간 갇히게 된다. 섬의 규율을 어긴 것에 대한 대가는 혹독하다. 언덕 위 기둥에 사람을 묶어두고 하늘상어의 밥이 되도록 놔두기도 한다.

금단의 제도 사람들만큼 과격하고 참을성이 없는 사람들은 이 세계에 없지만, 그래도 자기네 섬을 찾아오는 사람들에게 미리 충분히 경고를 해준다. 항만과 항구마다 섬의 규율을 알리는 경고문들이 붙어 있어서 못 보고 지나칠 수 없을 정도다. 그 경고문에는 여자는 모두 머리에 쓴 것을 제거해야 한다거나 남자는 무엇이든 머리에 써야 한다는 등의 내용이 적혀 있다. 이건 그냥 웃어넘길 만한 규율이 아니다. 거기서는 생사가 걸린 문제니까.

금단의 제도 근처로는 얼씬도 하지 않는 편이 좋다. 괜히 또 어떤 이상한 규율을 코앞에 들이댈지 모르니 말이다. 숨을 쉬거나 이야기를 하거나 또는 휘파람을 분다거나 점심을 먹는 것 등을 혐오하는 사람들도 있을 수 있다. 우리가 그런 행동을 했다고 우리를 죽일지도 모른다. 단순히 우리가 잘못된 행동을 했다는 걸 보여주기 위해.

금단의 제도 옆에는 반대자들의 제도가 있다. 이 둘은 극과 극이다.

반대자들의 제도는 편협한 신념을 따르지 않거나 폭정을 견디지 못해 도망친 사람들이 모여 사회를 건설한 곳이다. 개개인마다 생각의 차이가 있을지 모르겠지만, 이 섬의 핵심 사상은 관용이다. 이들은 누군가가 자신들과 생각을 달리한다고 해서 죽이지 않는다. 그저 조화롭게 살기만을 원할 뿐이다.

이곳의 핵심 철학은 다수는 항상 틀리고, 확고한 신념은 그릇된 것이며, 사람들은 항상 의심의 여지를 갖고 있어야 한다는 것이다.(물론 이러한 내용에 대해서도 이들은 절대 확신을 갖지 않는다. 자신들이 믿는 모든 걸 부정하는 꼴일 테니 말이다.)

반대자들의 제도 사람들은 이 세계에서 가장 느긋한 사람들이다. 바로 옆 금단의 제도 사람들은 이들에 대해 의심과 적개심을 품고 있다. 그래서 반대자들의 제도와는 무역도 하지 않고, 물도 공급하지 않는다.

반대자들의 제도는 아름답지만 메마른 불모지다. 먹을 수 없는 쓴 풀 이외에 자연적으로 자라는 것이 아무것도 없다. 따라서 반대자들은 온실에서 키울 수 있는 식자재를 재배하는데, 그러기 위해서는 관개가 필요하다. 압축 장치를 이용해서 공기 중에 있는 물을 조금 모을 순 있지만, 이 지역의 공기는 습기가 부족해서 물이 별로 모이지 않는다.

한 달에 한두 번 비가 내리기도 한다. 그때는 최대한 비를 많이 모아서 저장해둔다. 섬사람들은 이렇게 모은 물을 알뜰살뜰하게 사용하고 가능하면 재사용도 한다. 사용한 물을 걸러서 증류한 뒤 다시 깨끗하게 만든다. 단 한 방울의 물도 낭비하는 일이 없는 것이다.

물을 한 잔이라도 쏟는 날에는 엄청난 자책과 질책이 쏟아진다. 어린아이들은 물 저장고 근처에 가지 못하게 되어 있다. 이곳에서 물은 갖고 노는 것이 아니다.

이렇게 물이 부족하면 이 섬사람들에게서 코를 찌를 듯한 냄새가 나는 게 아닐까 생각할지도 모른다. 하지만 이들은 다른 섬의 사람들만큼이나 깨끗하다. 다만, 어떤 섬에서는 씻을 때 목욕을 한다면 여기 사람들은 물 한 바가지로 해결해야 하고, 다른 섬의 사람들이 샤워기를 사용해서 씻을 때 여기서는 샤워 타월로 몸을 씻어야 한다.

하지만 이 섬사람들이 가장 두려워하는 것은 근처에 있는 금단의 제도 사람들의 편협한 사고나 쾨쾨하고 더러운 냄새가 아니다. 이들은 불을 가장 무서워한다. 불이 나면 그걸 끌 물이 없기 때문이다.

반대자들의 제도 사람들은 자신들뿐만 아니라 키우는 농작물의 생명도 구름사냥꾼에 의지해야 한다. 보통 상인들은 금단의 제도를 지나는 위험을 무릅쓰고 이곳까지 오지 않는다. 이곳에 오는 건 구름사냥꾼뿐이다.

그래서 나는 방학이 시작되면 반대자들의 제도에 물을 가져다주러 갈 거라는 제닌의 말에 꽤나 놀랐다. 나에겐 그것이 굉장한 모험처럼 들렸다. 그리고 그들이 어떻게 거길 갈지도 궁금했다.

그곳으로 가는 가장 쉽고 안전한 방법은 중심 기류를 타는 것이다. 하지만 그 길은 멀리 돌아가는 길이므로 지독하게 많은 시간을 잡아먹는다. 가장 빠른 길은 어둠의 제도 사이로 지나는 것이다. 하지만 그 길은 사람들이 피하는 곳이라 굳이 거기로 가려는 사람은 많지 않다. 특히 그 길을 통해 갔던 사람들이 돌아오지 않기 시작한 후부터 말이다.

게다가 그 길은 항상 서로 전쟁을 벌이고 외지인에 대해 경계심이 강한 금단의 제도 근처를 지나가야 한다. 금단의 제도 사람들은 공동의 목적을 위해 외지인이 나타나면 의기투합한다. 카니쉬를 보게 된다면 금단의 제도 사람들은 곧장 갑판에 쇠갈고리를 걸어서 단 몇 분 내에 배를 침략할 것이다.

카니쉬의 문제는 머리부터 발끝까지 지나치게 거칠어 보인다는 것이다. 그래서 관용이 없는 사람들은 이런 겉모습의 카니쉬를 잘 받아들이지 못할 것이다. 비록 카니쉬가 자기 한 몸은 지킬 수 있다고 하지만, 배에는 카니쉬 같은 사람이 단 한 명뿐이다. 제아무리 카니쉬라도 금단의 제도 사람들이 쳐들어오면 혼자서 배를 지키는 것은 무리다.

구름사냥꾼은 독립적이고 두려움이 없는 종족이다. 이들은 자신들이 가고 싶은 곳을 가고, 자신들이 원하는 사람과 거래를 한다. 구름사냥꾼은 그 누구도 겁내지 않는다. 아니, 설령 겁이 나더라도 두려움을 감추는 법을 안다.

나는 구름사냥꾼들이 다수는 항상 틀리고, 법과 확고한 신념은 수정되고 재고되어야 하며, 금지된 모든 것들은 결국 허용되어야 한다는 반대자들의 의견에 동의한다고 생각한다.

거기가 아니더라도 이들이 물을 팔 곳은 많다. 굳이 위험을 무릅쓰고 반대자들의 제도와 거래할 필요가 없는 것이다. 길고 험난한 여정이지만 구름사냥꾼들은 그들을 꾸준히 찾아갔고, 단한번도 실패한 적이 없다. 구름사냥꾼들이 가져다주는 물은 다음번 방문 때까지 반대자들이 겨우겨우 버틸 정도의 양이다.

반대자들은 가끔 직접 구름사냥을 해보려고 하지만 성공하진 못한다. 이들에겐 그럴 만한 장비와 기술이 없기 때문이다. 게다가 압축 장치와 증류기까지 갖춘 금단의 제도 사람들이 구름이 나타나기만 하면 보이는 족족 물을 흡입해 간다.

이 문제 때문에 그들 사이에 두어 번 충돌이 있었지만, 금단의 제도의 우수한 군사력에 반대자들은 하늘로 나가떨어질 수밖에 없었다.

전쟁에서 분명한 한 가지는 평화주의자는 절대 이길 수 없다는 것이다.

10

고깔해파리

묻지 않으면 아무것도 얻을 수 없다.

그래서 이제는 물을 때가 되었다고 생각했다. 처음부터 많은 걸 바라지 말고 조금씩 계속 질문을 해보는 것이다. 어차피 나는 질문을 하느라 내쉰 숨 외에는 잃을 게 없지 않은가?

거절당하면 마음이 상할 수도 있다. 하지만 나는 단순히 거절 한 번 당했다고 쉽게 상처 받지 않는다. 그 거절은 언제든 승낙이 될 가능성이 있기 때문이다. 이때 필요한 것은 약간의 집요함뿐이 다. 그게 바로 사람들의 마음을 변하게 하는 방법이다. 끈질기게 물어야 한다.

제닌을 집으로 초대해 수영장에서 함께 물장구를 치자고 한 사 람은 지금까지 아무도 없었다. 거의 대부분의 학교 사람들이 제 닌을 경계했다. 간혹 아무렇지 않게 대하는 사람들도 있지만 이 들은 대부분 고상한 척하느라 그런 것일 뿐, 사실은 구름사냥꾼을 집 안에 절대 들이지 않는다. 물 배달을 시킬 때만 겨우 집으로 부르고, 그때마저도 문밖에서 기다리라고 한다.

나는 티를 내지 않고 은근히 시작해야겠다고 생각했다.

제닌과 마주친 어느 아침, 나는 언제 또 구름사냥을 떠날 거냐고 물었다.

"아마 다음 주쯤? 날씨 봐서." 제닌이 대답했다.

"즐거운 여행이 되겠구나. 난 구름사냥을 해본 적이 없거든."

"그래? 하긴, 해봤을 리가 없겠구나. 넌 구름사냥꾼도 아니고 구름사냥선도 없으니 당연히 사냥을 해본 적이 없을 거야. 그렇지?"

그게 전부였다. 은근한 힌트는 이쯤에서 그만둬야겠다.

다음 날 아침, 나는 다시 시도했다. 전날 저녁을 먹으면서 우연히 아빠로부터 유용한 정보를 입수했기 때문이다.

"안녕, 제닌."

"안녕."

"제닌….."

"왜?"

"구름사냥꾼들의 관습에 따르면 누군가로부터 대접을 받으면 꼭 보답을 해야 한다고 하던데, 그게 사실이야?"

"뭐라고?"

"내 말은, 초대는 초대로 보답이 되어야 하지 않겠냐는 거지."

제닌은 곧 웃음보가 터질 듯 보였지만, 그러진 않았다.

"공부 좀 했나 봐? 소수 부족의 유별난 관습에 대해서 말이야."

"아니, 어쩌다 우연히 듣게 된 거야."

"무슨 말을 하고 싶은 건데, 크리스찬?"

"그러니까, 내가 널 저녁 식사에 초대했으니까…."

"그 보답으로 널 초대하라는 거야? 우리가 먹는 음식이 먹어보고 싶어? 대접에 담긴 쌀밥이랑 하늘고기뿐인데? 그것도 젓가락으로 갑판에 앉아서 먹는데, 괜찮아? 너희 집의 깔끔한 식기와 편안한 의자가 그립지 않겠어? 그리고 우린 냅킨도 부족한데."

"상관없어. 그런데 저녁 식사보다는 좀 더 긴 시간을 함께하고 싶어."

"아, 그래? 정확히 뭘 말하는 거지?"

"언제 주말에 한번 구름사냥을 따라가보면 어떨까?"

"네가?"

"응."

"가서 뭘 하려고?"

"방해만 안 되면 같이 떠나보고 싶어서."

"아마 방해만 될걸?"

"아니야, 꽤 쓸 만할 거야. 나도 도울 수 있어."

"도와? 어떻게?"

"어떻게 하는지만 보여주면 나도 할 수 있어."

"글쎄…."

"허락해주는 거야?"

아니었다.

"난 이쪽으로 가야 하는데. 넌 저쪽으로 가지? 나중에 보자."

그래도 정확하게 거절한 건 아니었다. 내가 세 번째로 시도했을 때, 제닌은 어깨를 으쓱하더니 엄마한테 물어보겠다고 말했다. 단, 까먹지 않으면 말이다.

제닌이 혹시라도 잊어버릴까 봐 나는 다음 날 다시 한 번 제닌한테 상기시켜줬다.

정식으로 대답을 듣기까지 또 한 주를 더 기다려야 했다. 하지만 기다린 보람이 있었다.

어느 날 점심시간에 제닌이 나한테 다가와 밑도 끝도 없이 이렇게 말했다.

"이번 주말 오후 늦게 배 타고 나갈 거니까, 오고 싶으면 그렇게 해. 이틀 밤 동안 돌아오지 않을 거야. 침낭 필요하니까 가져와. 늦어도 다섯 시까진 와야 해. 기다려주지 않을 거야. 네가 안 와도 우린 그대로 갈 거야. 휴식일 저녁 여섯 시쯤에 돌아올 예정이야."

그게 전부였다.

휴식일이란 예전의 일요일을 지칭하는 말이다. 여기서는 일요일부터 토요일까지 요일을 부르는 예전의 명칭을 더 이상 사용하지 않는다. 우리는 예전 방식대로 시간을 구분하고 날짜도 그대로 유지하고 있지만 명칭은 바꾸었다. 휴식일은 예전의 일요일을 뜻하고, 첫 번째 날은 예전의 월요일을 뜻한다. 나머지 요일들의 명칭도 이런 식이라 굳이 말하지 않아도 알 수 있을 것이다.

나는 급하게 떠나야 해서 부모님에게 허락을 받을 수 있을까 걱정하며 집으로 돌아갔다. 아빠는 걱정스럽게 쳐다볼 것이고, 엄마는 분명 "숙제는? 위험한 거 아니야? 구름사냥꾼은 믿을 수 있는 사람들이니? 너, 그 사람들 믿어?" 하고 물을 게 뻔했다.

하지만 나도 온갖 반대에 대비해서 미리 방어책을 준비해뒀다. 숙제는 배에서 하면 된다. 그들은 좋은 사람들이다. 엄마도 만나본 적이 있지 않은가? 당연히 신뢰할 수 있는 사람들이고, 구름 사냥꾼의 말은 보증수표나 다름없다. 무조건 안전하다. 그들은 최고의 뱃사람이라고 정평이 나 있다. 그리고 카니쉬는 어떤 문제가 발생해도 문제없이 제압할 수 있을 것처럼 생겼다. 그건 칼라도 마찬가지다. 이 외에도 나는 모든 답을 다 갖고 있었다.

그래서 나는 집에 도착하자마자 부모님에게 물었다.

엄마와 아빠는 생각을 좀 해봐야겠다고 했다.

뭐든지 고민을 지나치게 많이 하는 걸 좋아하는 사람들이 있는 것 같다. 고민을 덜 하고 결정을 내려보는 것도 나쁜 생각 같지는 않은데 말이다.

엄마, 아빠가 고민을 하는 동안 뉴스에서 긴급 경보 방송이 나왔다. 우리는 이런 것에 익숙하기 때문에 크게 걱정하지 않았다.

하지만 이번에는 달랐다. 하늘상인이 섬 인근에서 고깔해파리라고 불리는 하늘해파리 두 마리를 발견했는데, 우세풍이 불어 이것들이 우리 쪽으로 날아오고 있다는 것이었다. 해파리들은 섬을 비켜 갈 수도 있고, 어쩌면 섬 위로 관통할지도 모른다. 우리는 최대한 조심하고 있다가 해파리의 접근이 구체화되면 경고 알람에 따라 실내로 빨리 피신하면 된다.

이런 경보들 중 열에 아홉은 대개 아무 일도 없이 끝나곤 했다. 해파리들은 바람에 날아가버리거나 열기포(햇빛에 지표면이 가열되어 대류에 의해 발생하는 공기덩이:옮긴이)를 만나 우리에게서 아주 멀리 떨어진 높은 곳으로 가버릴 수 있다. 아니면 찬바람을 맞아 섬 아래로 떨어지거나.

사람들은 익숙하지 않은 것에 익숙한 이름을 준다. 어쩌면 그렇게 함으로써 조금이나마 안심이 되는 것일지도 모르겠다. 하늘해파리 역시 그런 것 중 하나다. 구세계의 바닷속 해파리처럼 하늘해파리 중에도 작고 무해한 것들이 있다. 하지만 몸집이 크고 독을 품은 촉수가 길게 뻗어 있는 위험한 해파리들도 있다.

고깔해파리는 그중에서도 가장 큰데, 몸집이 가히 가공할 만하다. 크기가 섬 전체만 한 것도 있을 정도다. 고깔해파리의 촉수는 놀랄 만큼 길게 뻗어 있다. 이렇게 큰 고깔해파리가 섬을 통과하려면 꼬박 하루가 걸린다. 그러면 우리는 이 해파리들이 모두 통과할 때까지 그저 실내에서 기다려야 하고 그 외에 달리 할 수 있는 것은 없다. 만약 독주머니가 있는 해파리 촉수가 우리 몸에 닿기라도 하면 평생 지울 수 없는 상처가 남는다. 어쩌면 죽을 수도 있다. 게다가 그 죽음은 굉장히 더디고 고통스러울 것이다.

해파리가 완전히 지나간 후에도 섬 곳곳에는 피해의 흔적이 남는다. 해파리의 촉수가 움직이다가 가끔 건물이나 바위에 붙기도 하고, 반투명의 거대한 몸집이 바람에 날리면서 촉수가 찢겨 나가기도 한다. 촉수가 몇 개쯤 찢겨 나가는 것은 해파리들에게 별일도 아닌가 보다.

찢긴 촉수는 지붕 위나 건물 벽면에 그대로 매달려 있고, 몸에 닿으면 위험한 부식성의 끈적끈적한 액체 잔해도 함께 남는다. 끔찍한 냄새만큼이나 생긴 것도 역겨운 이 액체에는 섬유막이 덮여 있어서 증발하는 데 오랜 시간이 걸린다. 보호복에 두꺼운 장갑과 고글까지 쓴 처리반이 화학물질을 이용해 이 액체를 중화시키고 불에 태운 후 긁어내서 처리한다.

다행히 고깔해파리가 섬을 자주 지나지는 않는다. 경보가 자주 있었지만 대부분은 별일 없이 지나갔다. 바람의 방향이 바뀌면 해파리들도 그 방향으로 날아가기 때문이다.

가끔은 무장 함선이 올라가 난기류를 형성해서 해파리들의 이동 경로를 바꾸기도 했다. 아니면 공중에서 해파리를 폭파시켰다. 그러면 몸이 갈기갈기 찢긴 독성 해파리 조각들이 여기저기 떨어졌고, 해파리 떼는 소탕되었다.

하늘해파리가 새끼들을 함께 데리고 올 때도 있었다. 새끼 해파리는 맥박이 요동치는 작은 덩어리로, 연보다도 크기가 작다.

촉수의 길이는 겨우 1미터 정도인데 종이테이프처럼 예쁘다. 새끼 해파리는 심지어 꽤 귀엽게 생겼다. 몸통도 완전히 투명하지 않고 밝은 빨강과 핑크색이 약간씩 섞여 있다. 물론 어른 해파리처럼 독을 지니고 있는 건 마찬가지지만.

경고 알람이 울렸을 때 나는 하늘가에 나가 있었다. 저 먼 하늘에서부터 벌써 그 덩어리들이 보이기 시작했다. 집으로 갈 시간적 여유는 충분했지만 나는 뛰었다.

집에 돌아왔을 때 부모님도 모두 일찍 퇴근하셨는지 집에 있었다. 우리는 집 안의 문과 창문을 모두 잠갔고, 나는 내 방으로 올라갔다. 나는 창문틀에 팔꿈치를 괴고 앉아서 밖을 쳐다봤다. 하늘이 점점 어두워지더니 고깔해파리 떼가 날아오는 게 보이기 시작했다. 지금 제닌이 뭘 하고 있을지 궁금했다. 아마 제닌과 엄마와 카니쉬는 출입구를 막아놓고 배의 선실로 피신했을 것이다.

고깔해파리가 드디어 가까이 왔다. 해파리의 촉수가 얼굴을 쓰다듬는 손가락처럼 느릿느릿 지붕들을 훑어댔다. 처음 온 해파리 떼는 아무 피해도 남기지 않고 지나갔다. 하지만 그 뒤로 또 다른 해파리 떼가 오고 있었다. 이번에는 좀 전에 지나간 해파리들보다 더 컸고 더 낮게 날았다. 이 해파리들의 촉수는 섬 전체를 쓸었고, 점액질 덩어리들을 남겼다.

우리 집을 향해 날아오는 해파리들을 보고 있는데, 발작하듯 소리치는 남자의 목소리가 들렸다. 아까 울렸던 경고 알람을 무시했었나 보다. 아니면 듣지 못했거나.

남자는 공포에 질려 들판을 달리고 있었다. 그리고 바로 그 뒤로 고깔해파리가 날아오고 있었다. 해파리의 촉수가 식당 문에 달린 구슬발처럼 대롱거렸다.

남자는 도와달라고 절박하게 소리 지르며 대피할 곳을 찾아 달렸다. 집집마다 대문과 창문을 두드렸지만 아무도 남자를 들여보내주지 않았다.

도망치는 남자 뒤로 해파리가 바람을 타고 순식간에 이동해 왔다. 남자는 발이 걸려 넘어졌지만 일어났다. 한 번 더 휘청했지만 이번에도 일어났다. 발목이 삔 듯 고통스럽게 다리를 절뚝거렸다.

해파리가 평온하고 우아하게 날아와 어느새 남자를 따라잡았다. 그 모습이 너무나 아름다워서 차마 위험하다고는 믿기지 않을 정도였다. 마치 거대한 꽃이 활짝 핀 것만 같았다.

남자는 다리를 절뚝거리면서 서둘러 도망쳤다. 잠시 남자가 보이지 않았다. 하지만 잠시 후 남자의 비명 소리가 들렸다. 그는 우리 집 현관문을 두드리며 도와달라고 사정하고 있었다. 이 근방에서는 우리 집이 가장 마지막 집이고, 이제는 더 이상 피할 곳이 없다.

내가 계단을 급히 내려갔을 때, 아빠가 이미 현관 앞에 서 있었다. 아빠는 현관문을 벌컥 열고 남자를 집 안으로 끌어당겼다. 남자가 곤두박질치듯 안으로 들어와 바닥으로 쓰러졌다. 아빠가 재빨리 문을 쾅 하고 닫았다. 그러자 밖에서 촉수가 땅에 끌리는 듯한 소리가 약하게 들려왔다.

집 안이 몹시 어두워져 마치 밤 같았다. 우리는 불을 켜고 가만히 그 소리를 들으면서 때를 기다렸다.

드디어 하늘이 밝아졌다. 해파리 떼가 지나간 것이다. 창문은 모두 점액질로 얼룩져 있었다.

아빠는 남자를 일으켜서 부엌으로 데려갔고, 엄마는 그의 발목에 붕대를 감아줬다. 엄마는 남자한테 차를 권했지만 아빠는 럼주를 한 잔 건넸다. 남자는 진심으로 고마워했다.

남자를 집 밖에서 배웅하고 들어오면서 우리는 하늘해파리가 스치고 간 바깥쪽 현관문에 칠이 벗겨지고 기포가 생긴 걸 발견했다. 마치 화상으로 인한 상처 같아 보였는데, 쓰고 시큼한 냄새가 났다.

우리는 그 자국을 보며 서로 아무 말도 하지 않았지만 모두 같은 생각을 했다. 조금만 늦었더라면 현관문이 아니라 아까 그 남자가 이 지경이 될 뻔했고, 우리 집 앞 계단에서 고통스럽게 죽었을지도 모른다고 말이다.

다행히 해파리는 모두 지나갔고, 앞으로 한동안은 나타날 일이 없을 것이다.

그랬으면 좋겠다.

하지만 바람의 방향이 바뀌었고, 또다시 해파리가 등장했다.

그리고 이번에는 제닌을 뒤쫓았다.

11

죽음의 왈츠

다음 날 아침, 고깔해파리가 다시 나타났을 때 우리는 학교에 있었다.

모두 안으로 대피하고 문과 창문을 닫으라는 경고 알람이 울렸다. 그후 우리는 해파리 떼가 오는 걸 지켜봤다. 경보 알람이 멈추자 세상이 고요해졌다. 선생님들은 바깥문을 잠갔다.

우리는 다 같이 창가에 모여 해파리 떼를 구경했다. 공짜 쇼나 다름없었다. 열기포를 타고 날아오는 해파리들이 바람에 너울거렸다. 태양의 반이 가려졌다. 무겁고 두꺼운 이불로 섬 전체를 덮은 것처럼 세상이 고요해졌다. 우리는 그 광경을 좀 더 잘 보려고 자리다툼을 했다. 책상 위에 올라가는 아이들도 있었지만 선생님은 별말 없이 그냥 내버려뒀다. 우리는 밖을 보면서 기다렸다. 그리고 소리에 귀를 기울였다.

제닌은 내 앞 창문 옆에 서 있었다. 고깔해파리가 다가올 때 나

68

는 제닌의 얼굴을 쳐다봤다. 제닌의 얼굴에서는 빛이 나는 것만 같았다. 다른 아이들은 대부분 무섭고 걱정스러운 표정이었다. 하지만 제닌은 마치 고깔해파리와 무언가를 공유하고 있기라도 한 듯 미소를 지었다. 타고난 야생성, 거칠고 위험한 무언가를 말이다.

"해파리가 참 아름답지 않니?" 제닌이 물었다.

"치명적일 만큼 아름답지."

제닌은 내 말에 대꾸하지 않았다. 눈도 떼지 않고 그저 해파리 떼만 쳐다봤다.

어쩌면 둘 다 날아다니며 떠돌기 때문일 수 있다. 어쩌면 둘 다 한곳에 구속되지 않고 자유롭기 때문일 수도 있다. 아니, 더 많은 이유가 있을지도 모른다. 제닌은 마치 서로 친밀한 사이라도 되는 듯 해파리가 오는 모습을 보며 미소를 지었다.

이제 고깔해파리는 하늘을 낮게 날며 이동하기 시작했다.

"수백 마리는 되겠는걸." 누군가가 말했다.

"수천 마리는 될걸!"

"수백만 마리야!"

나는 대략 60마리쯤 될 거라고 생각했다. 그중에는 다 큰 것도 있었고, 아직 다 자라지 않은 것도 있었다. 또 갓 태어난 새끼도 있었다. 반투명한 몸체의 해파리 떼는 촉수를 땅에 끌면서 우리를 향해 날아왔다. 해파리의 눈과 혈관이 보였다. 피부가 반투명해서 심장도 볼 수 있었다. 움켜쥔 주먹 같은 심장이 박동하다가 잠시 쉬었다가 또다시 박동하면서 온몸에 피를 공급하는 걸 볼 수 있었다.

해파리들은 공중에서 매우 나른한 듯이 움직였다. 마치 연못에 떠 있는 거대한 연꽃처럼 보이기도 했다. 그들이 다가올수록 한 다발의 꽃들이 몰려오는 것만 같았다.

해파리들은 우리를 내려다보는 듯한 인상을 준다. 단순히 우리 위에 있어서가 아니라, 느긋하고 우아하게 움직이는 그 자태를 보고 있으면 우리가 보잘것없는 존재처럼 느껴지기 때문이다. 얼굴 가득 아리송한 미소를 띤 거대한 부처님처럼 해파리는 태연히 우리를 내려다본다.

첫 번째 해파리가 다가왔다.

해파리의 촉수가 창문에 부딪혔다. 창은 정확히 이런 우발적 사고에 대비해 강화유리로 되어 있다. 하지만 우리는 본능적으로 몸을 피했다. 책상 위에 서 있다가 밑으로 떨어진 아이도 있었다.

비명과 눈물이 터져 나왔다. 다른 교실에서 저학년 아이가 서럽게 우는 소리가 들렸고, 그 뒤로 해파리 떼는 곧 지나갈 거니까 무서워할 것 없다며 아이를 안심시키는 선생님의 목소리가 이어졌다.

창문을 문질러대던 해파리 촉수가 한순간 유리창에 붙었다가 주르륵 미끄러져 사라졌다. 유리창에는 방울방울 점액질의 흔적이 남았다.

"우웩!"

정말 역겨웠다. 괜히 해파리가 아니었다.

이제 하늘은 열기구 축제처럼 해파리 떼로 가득했다. 이들이 다 지나가려면 한 시간은 족히 걸릴 것이다. 이 광경을 한참 동안 구경하도록 놔뒀던 선생님이 그만 수업을 다시 시작하자고 했다.

선생님이 모두 자리로 돌아가 앉으라고 말한 순간, 우리는 그 소리를 들었다. 밖에서 작게 낑낑거리는 소리가 들려왔다. 밖을 내다보니 작은 강아지 한 마리가 있었다. 수위 아저씨의 아이들이 키우는 강아지였다. 강아지는 운동장 너머 집 밖에 나와 있었는데, 땅바닥에 엉덩이를 대고 앉아서는 어두워진 하늘을 쳐다보고 있었다. 해파리 떼가 맹독성의 촉수를 땅에 질질 끌며 다가올수록 강아지는 고통스럽게 신음했다.

우리는 못 박힌 듯 서서 촉수가 강아지한테 점점 가까워지는 것을 쳐다봤다. 촉수는 흙바닥을 끌면서 다가왔다. 강아지는 어디로 움직이기도 무서운지 제자리에 앉아만 있었다. 촉수가 코앞까지 다가왔고, 간발의 차이로 강아지를 비껴 갔다. 하지만 더 많은 촉수가 다가오고 있었다.

"누가 어떻게 좀 해봐!" 누군가 말했다.

과연 누가? 누가 자기 목숨을 걸고 밖으로 나갈까? 그것도 고작 강아지를 위해.

어떤 여자애가 울음을 터트렸다.

"강아지가 불쌍해!"

물론 우리 모두 안타까웠지만 딱히 할 수 있는 게 없었다. 나는 솔직히 무서우면서도 흥미진진하게 이 상황을 지켜봤다. 마치 공포 영화에서 높은 줄에 매달린 남자가 혹시 떨어지지 않을까 조마조마해하며 지켜볼 때와 같은 기분이었다.

고깔해파리들은 이제 서로 몸이 닿을 정도로 **빽빽하게** 하늘을 가득 뒤덮으며 몰려왔다. 뚱뚱한 풍선들처럼 서로를 짓누르고 밀쳐냈다. 자기들끼리는 독에 대한 내성이 있는 게 확실했다.

해파리의 촉수는 포도 넝쿨처럼 매달려 있었다. 저 많은 촉수 중 딱 한 가닥이면 족하다. 촉수가 조그만 강아지의 털끝에 닿아 몸속으로 산성 독이 스며드는 순간 날카로운 울음소리가 터져 나올 것이다. 그러면 그걸로 끝이다.

그때 그 애가 책상에서 뛰어내렸다.

"제닌, 뭐 하는 거야?" 내가 말했다.

"다들 아무것도 안 할 거면…."

그렇게 말하고 제닌은 누가 말릴 틈도 없이 나가버렸다. 문이 쾅 하고 닫히자 선생님이 소리쳤다.

"제닌!"

하지만 너무 늦었다. 제닌은 이미 운동장을 가로질러 달려가고 있었다.

선생님이 창문을 두드리며 다시 소리쳤다.

"제닌! 돌아와!"

제닌은 계속해서 강아지를 향해 달렸다. 그런데 제닌이 달려오는 모습을 본 강아지가 고깔해파리 쪽으로 도망쳤다. 제닌이 쫓아가서 구석으로 몰자 강아지가 낑낑거리며 짖어댔다. 자기를 구하러 온 소녀를 피해 오히려 위험 속으로 달려드는 모습이 마치 코미디의 한 장면을 보는 것 같았다.

드디어 제닌이 목줄을 낚아채 강아지를 붙잡았다. 그리고 강아지를 두 팔로 안아 올렸다. 제닌은 이제 다시 해파리를 피하기 위해 달렸다.

하지만, 이미 늦었다. 고깔해파리는 이미 제닌 바로 위에 떠 있었고, 촉수들이 제닌을 둘러싸기 시작했다.

아무도 말이 없었다. 우리는 안전한 창문 뒤에서 그 장면을 지켜볼 수밖에 없었다.

강아지가 버둥거리는 걸 멈췄다. 제닌의 품 안에서 평온을 찾은 듯했다. 제닌은 강아지의 머리를 쓰다듬으면서 가만히 서서 죽음을 기다렸다.

그런데, 제닌이 갑자기 몸을 흔들기 시작했다. 마치 춤을 추는 것 같았다.

제닌은 촉수가 다가오는 걸 빤히 지켜보다가 촉수가 가까워지면 옆으로 몸을 비켜 위험을 모면했다. 그다음에는 엉덩이를 움직여 또 다른 촉수를 피했다. 촉수들이 제닌에게 다가갈수록 제닌의 몸이 반짝였다. 마치 아지랑이가 피어오르는 수평선 위 신기루 같았다.

나는 거의 숨도 쉴 수 없었다. 곧 독의 숲에 갇힌 제닌과 강아지의 비명 소리가 들려올 터였다.

하지만 아무 소리도 터져 나오지 않았다. 제닌 위에 있던 해파리가 촉수를 꿈틀거리자 제닌도 그 주위로 꿈틀댔다. 마치 촉수와 제닌이 춤을 추는 것처럼 보였다. 파트너를 바꿔가며 춤추기라도 하듯, 각각의 촉수는 제닌과 짤막하게 왈츠를 추고 인사를 나눈 후 다음 촉수에게 제닌을 넘겼다.

우리가 얼마나 오랫동안 제닌을 지켜봤는지, 그리고 제닌은 얼마나 오래 몸을 흔들며 춤을 춰야만 했는지 모르겠다. 길어도 5분이 넘지는 않았을 것이다. 하지만 그 순간이 우리에겐 몇 시간처럼 느껴졌다.

마침내 해파리들이 모두 지나가고, 경보가 해제되었다.

제닌은 두 팔로 강아지를 안은 채 우두커니 운동장에 서 있었다. 땅바닥에는 척수에서 흘러내린 독이 군데군데 남아 있었다. 제닌은 조심스럽게 점액질 주변으로 발을 디디며 학교 건물을 향해 걸어왔다.

교실 문이 열리고, 제닌이 들어왔다. 제닌의 두 팔은 비어 있었다. 선생님들 중 한 분에게 강아지를 맡기고 온 모양이었다.

제닌은 아무 말 없이 자기 자리로 돌아가 책을 꺼낸 뒤 수업이 다시 시작되기만을 기다렸다. 고깔해파리가 지나간 하늘은 다시 환해졌고, 운동장에서는 수위 아저씨가 바닥에 흩뿌려진 독성 점액질 웅덩이에 중화제를 뿌리고 있었다.

선생님이 무슨 말이라도 할 것처럼 보였다. 가령 "방금 한 행동은 굉장히 위험하고 멍청한 짓이었어, 제닌. 죽을 수도 있었다고!" 같은 무의미하고 뻔한 말을 말이다.

하지만 선생님은 그런 말을 하지 않았다. 대신 제닌한테 다가가 어깨를 잡고는 이렇게 속삭였다.

"잘했어, 제닌. 용감한 행동이었어. 무모하긴 했지만 그래도 용감했어."

제닌은 여느 때와 다름없이 태연한 표정을 지었다. 보일 듯 말 듯 살짝 미소만 짓고는 책을 펴고 공부할 준비를 했다.

나는 그런 제닌을 뚫어져라 쳐다봤다. 햇볕에 그을린 피부, 완벽한 비율의 얼굴, 그리고 눈 밑부터 입가까지 이어진 깊은 흉터. 나는 살면서 제닌 같은 사람은 본 적도, 만난 적도 없었다. 제닌이라면 세상 끝까지라도 따라갈 수 있을 것 같았다.

내가 강아지를 구하러 나가야 했는데. 그러지 못한 나 자신이 겁쟁이라는 생각이 들었다.

하지만 만일 그랬다면, 나는 온몸에 화상을 입고 운동장 바닥에 쓰러져 죽었을 것이다. 그리고 강아지 역시 죽었을 것이다. 그렇게 되면 그게 다 무슨 소용이란 말인가?

나는 춤에 소질이 없다. 그리고 능력도 없으면서 영웅이 되려고 하면 안 된다. 그건 의미 없는 희생을 낳을 뿐이다. 하지만 제닌은 무모하게 용감했고, 무엇을 어떻게 해야 할지도 알고 있었다. 그리고 해냈다.

어쩌면 고깔해파리처럼 제닌 역시 거칠고 자유로운 존재인지 모른다.

물론 해파리와 달리 제닌은 뇌가 있지만.

나중에 나는 제닌과 함께 집으로 가면서 말했다.

"꽤 용감했어, 제닌. 멍청하긴 했지만."

"너도 마찬가지야. 다만, 앞뒤를 바꿔서 말이야." 제닌이 대답했다.

그 말이 무슨 뜻인지 알아차리기까지는 조금 시간이 걸렸다. 제닌은 웃고 있었다. 그래서 나는 농담으로 한 말이겠거니 생각했다.

"그래서 너, 결국 우리랑 같이 가기로 한 거야? 우린 이번 주말에 떠날 거야. 부모님이 괜찮다고 하셨어?"

"그게… 사실 아직 허락 못 받았어. 그래도 조만간 내가 바라는 대로 허락해주실 거야."

"넌 바라는 게 참 많구나?"

"그러게. 내가 좀 그래."

나는 순순히 인정했다. 하지만 제닌은 내가 바라는 것의 반도 알지 못했다. 그리고 그 많은 바람 속에 자기가 얼마나 큰 부분을 차지하고 있는지도.

12

구름사냥꾼의 노래

그 이야기를 듣고 아빠는 감탄했다. 하지만 엄마는 별다른 반
응이 없었다.

"정말 정신 나간 짓이야. 강아지 때문에 목숨을 걸다니." 엄마
가 말했다.

"하지만 구름사냥꾼이란 자들은 확실히 용감한 사람들이야.
그리고 재주도 있어. 그런 사람들이랑 며칠 나가서 지내는 거라
면 크리스찬은 안전할 거야." 아빠가 말했다.

"암, 그런 사람들이고말고."

엄마가 그 말을 반복했을 때는 그 뜻이 달라져 있었다. 엄마는
'그런 사람들'을 전적으로 인정하지 않았다. 그런 사람들은 문신,
흉터에 귀걸이까지 너무도 요란스럽다. 그런 사람들은 포크보다
나이프를 더 많이 사용하고, 식탁에서 일어날 때(식탁이 있거나 하
다면) '실례합니다' 같은 말 따위 하지 않는다.

"크리스찬이 그 사람들을 따라간다고 해서 문제 될 건 없어 보이는데? 겨우 주말뿐인걸." 아빠가 말했다.

"그럼 숙제는?" 엄마가 반박했다.

"가기 전에 하면 되지."

"당장 떠난다는데?"

"그럼 배에서 하면 되지. 배 타고 가다 보면 숙제할 시간이 많을 거야. 지금은 구름이 하나도 없으니까. 그렇지? 그리고 그 애도 숙제를 어디서 하겠어? 배에서 할 거 아냐."

"그 애가 숙제를 한다면 말이지." 엄마가 다시 반박했다.

"제닌도 숙제 열심히 잘해요." 내가 대답했다.

나는 제닌이 반에서 보통 5등 안에 든다는 말을 덧붙일 수도 있었다. 하지만 그랬다간 나는 왜 그렇게 잘하지 못하느냐고 질책받을 게 뻔했다.

"자자, 가라고 허락해주자구." 아빠가 너그럽게 말했다.

"글쎄…."

이건 좋은 신호였다. 엄마가 반대할 만한 타당한 이유를 찾지 못한 것이다.

"알겠어. 그럼 이번뿐이야. 그리고 숙제하는 거 잊으면 안 돼."

엄마다운 대답이었다. 엄마는 인정하는 걸 싫어한다. 그래서 엄마가 인정을 할 때면 항상 조건을 붙이곤 한다. 가도 되지만 숙제는 꼭 해야 한다, 단것 먹어도 되지만 이는 꼭 닦아야 한다… 이런 식으로 말이다.

엄마, 아빠한테 자식이 한 명 더 있다면 얼마나 좋을까. 그럼 나 말고 신경 쓸 사람이 또 있으니, 엄마의 잔소리를 반만 들을 수 있을 텐데.

대부분의 가정은 아이가 하나뿐이다. 우리는 어린 왕자 아니면 공주다. 이건 다 물 때문이다. 사람들은 물이 고갈될까 봐 두려워한다. 먹일 입이 많다는 것은 각자에게 돌아갈 물의 양이 적어진다는 걸 의미한다. 약 50년 전에 긴 가뭄이 온 적이 있었는데, 기념공원에 있는 추모비의 반은 그때 생긴 것이다.

대부분이 물로 된 행성에 살았던 구세계 사람들은 어떤 모습으로 살았을지 상상조차 잘 되지 않는다. 역사책에 따르면, 거의 강과 바다로 이뤄진 그곳에도 사막이 존재했다고 한다. 한때는 만년설도 있었다는데 전부 녹아버렸다.

"가도 되는 거 맞죠?" 나는 엄마한테 다시 한 번 확인했다.

"그래. 하지만…."

'하지만'이라는 말 뒤에 무슨 말이 더 있었는지는 기억이 나질 않는다. 어쨌든 나는 부모님으로부터 허락을 받아 제닌과 함께 떠날 수 있게 되었다. 갑자기 제닌이나 제닌 엄마가 마음을 바꾸지 않는다면 말이다.

아마 수색꾼 카니쉬는 나를 쓸모없는 짐짝으로 볼 것이다. 카니쉬는 구름사냥꾼이 아닌 사람들에 대해서는 신경을 쓰지 않는 것 같았다. 그렇지만 모든 사람을 만족시킬 수 없는 법이다.

카니쉬는 종종 항구에 정박한 배의 갑판에서 돛대에 새겨놓은 작은 원을 과녁 삼아 칼을 던지곤 했는데, 단 한 번도 비껴 나간 적이 없었다. 심지어 눈을 감고 던져도, 등을 돌리고 어깨 너머로 던져도 마찬가지였다. 딱 한 번만 빼고. 그 이후로는 절대 실수를 하지 않았다.

내가 아는 한 카니쉬의 즐거움이자 관심사는 구름 찾기, 주사위 굴리기, 돛대에 칼 던지기뿐인 것 같다. 나는 카니쉬가 뭔가를 읽는 걸 본 적이 없다. 하늘에 관한 역사나 구름 접근법, 증기 형성법 같은 걸 제외하면, 뭔가를 알고 싶어 하는 것 같지도 않다.

카니쉬에겐 하늘이 책인 것 같다. 끝없이 이어지는 페이지와 계속해서 변하는 내용의 책. 소설이자 실화이고, 시이자 참고 자료이고, 종교이자 놀잇거리이며, 수수께끼이자 백과사전인 책.

가끔 항구에 가면 배 갑판 위에 앉아 마치 50킬로미터 떨어진 곳에서 구름이라도 발견한 듯 먼 하늘을 쳐다보며, 당장이라도 항해하고 싶어 몸이 근질거리는 카니쉬의 모습을 볼 수 있다. 카니쉬는 좀처럼 땅을 내다보거나 땅 위에 있는 사람들을 호기심 어린 눈으로 바라보지 않는다. 중요한 것은 그저 구름뿐이다.

한때 카니쉬와 제닌 엄마 칼라의 관계에 대해 궁금했던 적이 있었다. 혹시 카니쉬가 제닌의 아빠 자리를 차지한 것은 아닐까 하고. 하지만 카니쉬는 가족적인 모습과는 전혀 어울리지 않아서, 그게 과연 사실인지는 알 수가 없었다.

칼라는 배의 주인으로 카니쉬의 고용주다. 하지만 칼라가 명령을 내리면 카니쉬는 의도적으로 무시하거나 자기가 원할 때만 명령에 따르곤 했다. 그래서 칼라가 화를 버럭 내며 알 수 없는 말들을 폭풍처럼 쏟아내면, 카니쉬는 팔짱을 낀 채 그저 가만히 서 있기만 했다. 칼라는 화가 나면 내가 알아듣지 못하는 언어로 말하는데, 처음으로 이곳에 이주한 칼라의 조상 때부터 써온 방언의 파생어일 것이다.

하지만 때때로 두 사람은 같이 앉아서 얘기를 나누며 웃음을 터트리거나, 캐노피 밑에서 쉬며 포도주를 병째 나눠 마시기도 했다. 그리고 밤에는 보통 카니쉬가 음식을 만들었다. 보글보글 끓는 밥에서는 풀이 섞인 냄새가 났다. 그들은 채식주의자는 아니지만 보통 고기를 먹지 않았다. 카니쉬가 잡은 하늘고기를 제외하면. 아무것도 없는 하늘을 장시간 돌아다닐 때는 음식에 대한 선택권이 별로 없다. 하늘고기라도 먹느냐 아니면 굶느냐, 둘 중 하나니까.

중심 기류에 가면 하늘고기가 넘치도록 많다. 하늘고기는 소심한 성격 때문에 육지 가까이로는 가지 않는다. 줄 끝에 미끼를 한 조각 매달아두면 하늘고기를 꼬여서 잡을 수 있는데, 맛이 정말 좋다.

물론 우리의 주식은 쌀이다. 쌀농사를 하기 위해서는 많은 양의 물이 필요하기 때문에, 우리가 먹는 모든 쌀은 수입한 것이다. 물이 풍족한 몇몇 섬에서만 쌀을 재배하고 있다. 그 섬들은 여기서부터 만 킬로미터 이상 떨어진 곳에 군도를 이루고 있는데, 그

위로는 자주 구름이 뒤덮이고 커다란 천연 지하 우물도 갖추고 있다고 한다.

저녁 식사를 마친 후 제닌은 숙제를 했고, 칼라는 책을 읽거나 카니쉬와 노닥거렸다. 부드럽게 불어오는 따뜻한 바람결을 따라 그 노래가 들려왔다. 노래들은 항상 구슬펐다. 마치 옛날을, 잃어버린 무언가를, 사랑하고 그리워하는 누군가를, 다시는 돌아오지 못하는 것들을 한탄하는 것만 같았다.

칼라의 노랫소리에 아빠는 항상 미소 지었다. 아빠는 밤늦게까지 일할 때면 항구 주변에서 맴도는 칼라의 메아리 같은 노랫소리를 듣는다고 했다.

"전형적인 구름사냥꾼이야. 불행만이 행복이지." 아빠는 종종 이렇게 말했다.

하지만 아빠 역시 지나간 순간들을 되찾고 싶은 듯 가끔씩 눈빛이 멍해지곤 했다. 그리고 칼라의 노랫말이 하나하나 전부 들리도록 사무실 창문을 늘 열어뒀다.

자주 있는 일은 아니지만, 가끔 우리 섬에도 비가 내릴 때가 있다. 그러면 물을 사려는 사람들이 없어져서 구름사냥꾼은 난처한 상황을 맞게 된다. 공짜로 물을 얻을 수 있는데 사람들이 굳이 왜 돈을 주고 사겠는가? 하지만 비는 그치게 마련이고, 그걸 끝으로 또 한동안 비가 내리지 않는다. 그러면 사람들은 다시 원래의 공급원에 의존할 수밖에 없다. 얼마 되지 않는 천연 샘과 물을 만드는 기계, 그리고 구름사냥꾼.

비 오는 날의 구름사냥꾼.

이 말은 우리 집에서 자주 쓰이는 표현이 되었다. 아빠가 생각해낸 것이다.

"무슨 일이야? 너, 꼭 비 오는 날의 구름사냥꾼 같구나."

이 말은 몹시 절망적으로 보이는 데다 몸까지 약간 젖은 상태를 말한다.

13

첫 항해

"침낭 챙겨 오는 거 잊지 마."

우리가 함께 떠나기로 한 날 아침, 제닌이 한 말은 그뿐이었다. 그게 나한테 필요한 조언의 전부였다.

집에 가서 옷을 갈아입고 물건을 챙길 여유밖에 없었다. 엄마, 아빠한테 잘 다녀오겠다는 메모만 써두고 나는 황급히 항구로 갔다.

구름사냥꾼의 배는 부둣가에 매여 있었다. 나는 배와 부두 사이에 놓인 짤막한 다리를 걸어갔다. 난간 같은 건 전혀 없었다. 아래를 힐끔 내려다보니 광활한 빈 공간이 눈에 들어왔고, 그보다 더 멀리 아래로는 섬들의 모습이 보였다. 그리고 그 밑으로는 눈부신 태양이 있었다.

만약 여기서 떨어지면 어떻게 될까? 나는 문득 궁금해졌다. 만약 당황해서 부력을 잃고 헤엄쳐 올라오지 못한다면?

배 위에서 카니쉬가 나를 내려다보고 있었다. 얼굴에 사악한 미소가 번지는 게 마치 나의 불안한 모습을 즐기는 것만 같았다.

"안녕하세요."

꽤나 힘 빠진 목소리였지만 뭐라고 다시 말하기엔 이미 늦었다. 카니쉬한테 만만하게 보이지 않으려면 침을 뱉거나 뭐라도 해야 하는 게 아닐까 고민이 되었다. 아니면 욕을 한다든가. 그러면 카니쉬가 놀랄지 모른다.

"저는… 어… 크리스찬이에요. 제닌이 저도…."

카니쉬가 고개를 끄덕였다. 내가 같이 배를 타고 간다는 사실을 알고 있는 것이다. 하지만 카니쉬는 어떤 도움도 주지 않았다. 고개를 끄덕인 걸로 끝이었다.

나는 배에 올라타서 침낭을 내려놓았다. 그러자 카니쉬가 침낭을 곧장 다른 곳으로 옮겨다 놨다.

제닌은 선실 안에 있었다.

"제닌, 안녕."

"크리스찬… 너, 정말 왔구나?"

"내가 안 올 줄 알았어?"

"어쩌면…."

제닌은 나를 보게 돼서 기쁜 게 틀림없었다. 나는 제닌 엄마한테 인사했다. 칼라의 손목에는 무거워 보이는 팔찌가 매달려 있었다. 물건을 다 챙겨 왔냐고 묻기에 나는 그렇다고 대답했다.

닻을 올리고 밧줄을 푸는 동안, 제닌은 나를 데리고 다니며 배 안을 구경시켜줬다. 배는 상당히 평범하고 단순했다. 짐칸에는 물을 넣을 저장 탱크들이 있었다. 구름의 수증기를 압축하기 위한 압축기는 갑판에 설치되어 있었다. 그리고 갑판 밑에는 조리실과 두 개의 선실, 화장실, 세면대 정도가 있을 뿐이었다.

배는 두 가지의 동력으로 이동한다. 바람과 태양. 배의 부력은 탱크에 물이 가득 찼을 때와 아닐 때, 그 무게에 따라 상쇄되어 조절된다. 태양전지판의 전원 출력을 다르게 하거나 돛을 열고 닫아서 배를 조종하기도 한다. 태양전지판을 가리지 않으면 배는 더 많은 전력을 얻어서 뜰 수 있고, 전지판을 닫으면 동력이 약해진다.

돛은 순풍이 알맞은 방향에서 불어오거나, 햇빛이 없어서 태양전지판을 사용할 수 없을 때 주로 이용된다. 하지만 배는 구름 속에서도 돛 없이 이동할 수 있다. 보조 전력만 있으면 말이다. 태양전지판으로 이 보조 전력을 항상 미리 충전해두는데, 완전히 충전된 상태에서는 500킬로미터 이상도 갈 수 있다.

갑판 밑을 둘러본 우리는 다시 위로 올라왔다. 배는 서서히 움직이고 있었다. 우리는 멀어져 가는 섬을 바라봤다. 카니쉬가 태양전지판의 덮개를 열고 하늘로 배를 몰았다.

1킬로미터 정도 이동하니, 아래로 각기 다른 높이에 떠 있는 섬들이 보였다. 그리고 그 아래로는 무한의 공간이 있었다.

"어지러워?" 제닌이 물었다.

"별로."

"처음엔 어지러워하는 사람들도 있어. 아니면 하늘멀미를 하거나."

나는 그것도 부정했다. 하지만 속이 메스껍긴 했다. 그런 내 모습을 카니쉬가 즐거운 듯이 쳐다보고 있었다.

"혹시 토할 것 같으면 저쪽 가서 해."

제닌은 저쪽 아니면 내가 대체 어디 가서 토할 거라고 생각하는 걸까? 저쪽 말고 다른 곳이 어디 있다고?

제닌 엄마가 보온병에 물을 채워 와서 나한테 마시라고 권했다. 목이 마르진 않았지만 나는 그 물을 조금 마셨다. 그런데 도움이 되기는커녕 오히려 더 상태를 악화시켰다. 두 시간 후, 뭔가를 먹고 나서야 마침내 멀미 기운이 사라졌다. 그래도 하루 종일 멀미를 하지 않아서 다행이었다. 여정 내내 멀미를 참아야 하는 사람도 있다고 하니까.

배는 하늘을 향해 계속 직진했고, 우리 뒤에 있는 섬은 점점 아득히 멀어졌다. 하늘은 텅 비어 있었다. 그 어디에도 구름은 보이지 않았지만, 카니쉬는 어디로 가야 할지를 아는 것처럼 보였다.

섬에서 멀어질수록 우리는 더 많은 생물체를 만났다. 하늘고기들은 꾸준히 배의 위아래로 지나다녔고, 우리와 나란히 날면서 동행을 해주기도 했다.

하늘고기 한 마리가 활짝 펴놓은 돛을 향해 테니스공처럼 빠른 속도로 날아들더니 살짝 스치고 지나갔다.

"가서 고기밥 주자."

제닌이 손바닥에 먹이를 조금 놓고는 느리게 날아다니는 작은 고기한테 먹이는 방법을 보여줬다. 고기들은 바로 옆까지 와서 먹이를 뜯어먹었다. 하지만 손으로 잡으려 하면 바로 달아났다.

카니쉬가 시범이라도 보이듯 옆에서 고기를 낚아챘다. 그리고 애처롭게 바둥거리는 고기를 잠시 지켜보더니 웃으면서 다시 공중으로 던져버렸다.

카니쉬가 그렇게 낚시하느라 정신없을 때, 나는 궁금해서 카니쉬의 문신이 몇 개인지 세어보기로 했다. 하지만 스무 개까지 센 후 포기했다.

14

은둔자의 섬

항해를 하는 도중 우리는 트롤선을 지나쳤다. 트롤선에는 2킬로미터는 족히 넘는 두릿그물이 매달려 있었다. 공중에 떠 있는 망의 밑부분을 조이고 양끝을 주머니 모양으로 잡아당기면 그물 안으로 들어온 하늘고기를 가둘 수 있다.

트롤선이 끌고 가는 그물 안에는 크기가 제각각인 형형색색의 하늘고기들이 갇혀 있었다. 스카이클라운, 스카이에인절 그리고 심지어 작은 하늘상어도 뒤섞여 있었다. 마치 온갖 생명체들의 집합소 같았다. 어부들은 수고스럽게 잡은 고기들을 뱃전으로 끌어 올리려고도 하지 않았다. 그들은 그물을 그대로 매달고는 고기를 팔 수 있는 가까운 장터로 향하는 중이었다.

"구역질 나." 제닌이 말했다. "너무 잔인해. 먹지도 못하는 고기가 반이나 되는데 불필요하게 죽이는 거잖아."

물론 제닌 같은 구름사냥꾼들도 하늘고기를 먹긴 한다. 하지만 구름사냥꾼들은 꼭 필요한 만큼만 사냥을 해서 낭비하는 법이 없고, 잔인함도 최소화한다. 카니쉬는 '사제'라고 부르는 작지만 놀라운 도구를 이용해서 고기를 단번에 죽인다. 그런 후 머리와 내장을 떼어내고 살만 발라서 프라이팬에 굽는다.

나는 사람들이 배가 고프면 무엇이든 먹게 되어 있다고 생각한다. 신념이 배고픔보다 강할 수도 있겠지만, 막상 극한 상황에 몰리면 그럴 수 있는 사람은 많지 않다.

칼라와 카니쉬는 어느 방향으로 갈지, 어디로 가야 구름을 찾을 수 있을지에 대해 얘기하느라 바빴다. 카니쉬는 뱃머리에 서서 먼 곳을 내다봤고, 칼라는 키를 잡고 배를 조종했다. 하지만 항해를 하는 것 자체는 생각보다 어렵지 않았다. 배는 거의 스스로 가는 것이나 다름없었다.

잠시 후 카니쉬가 햇볕이 따갑게 내리쬐는 갑판에 쪼그리고 앉더니 주사위를 꺼내 들었다. 내가 고개를 빼고 뭘 하는지 지켜보자, 카니쉬가 힐끗 쳐다보더니 성가시다는 표정을 지었다. 그래도 저리 가라고 하지는 않았다.

카니쉬가 주사위를 쥔 손을 오므렸다. 그 안에는 다섯 개의 주사위가 있었다. 여섯 면으로 된 주사위에는 숫자가 아닌 해독할 수 없는 상형문자 같은 기호가 각각의 면에 그려져 있었다.

카니쉬가 손을 흔든 후 주사위를 던졌다. 바닥에 떨어진 주사위를 관찰하더니 세 개는 그대로 놔두고 나머지 두 개만 집어서 다시 던졌다. 그리고 이번에는 방금 던진 두 개 중 하나만 제자리에 두고 나머지 한 개를 주워서 또 흔들어 던졌다. 카니쉬는 떨어진 주사위를 자세히 관찰한 후 다섯 개를 모두 줍더니 이 과정을 반복했다.

잠시 후 카니쉬가 조종대로 가서 항로를 몇 도 조정하고 고도를 높이기 위해 태양전지판을 열었다.

만일 이게 카니쉬가 구름을 찾아내는 방식이라면, 그저 무의미한 미신일 뿐이라는 생각이 들었다. 주사위 몇 개를 굴려서 뭘 알아낼 수가 있다는 건지 도무지 이해할 수가 없었다. 하지만 카니쉬는 주사위를 믿는 것 같아 보였고, 수색꾼은 바로 카니쉬였다. 구름을 찾는 것은 그의 임무이므로 만일 아무것도 찾지 못한다면 그를 탓하면 된다.

물론 허탕을 치고 돌아올 때도 있다. 배가 항구로 돌아올 때 구름사냥꾼들의 얼굴을 보면 알 수 있다. 하지만 늘 성공하는 사람은 없다. 실패해본 적 없는 사람은 시도조차 해본 적 없는 것이라고 아빠는 말했다. 이런 사람들은 아무리 어려운 일이라도 결코 시도를 멈추지 않는 것이다.

나는 용기를 내서 카니쉬한테 물었다.

"주사위를 던지면 구름을 찾을 수 있어요?"

"도움이 되지."

"어떻게요?"

"그건 우리 소관이야."

이렇게 말하고 카니쉬는 저만치 걸어가버렸다.

카니쉬는 말이 별로 없는 편이었다. 그리고 그 몇 마디 안 되는 말마저도 좋게 하지 않았다. 즉 카니쉬는 대화에 적합한 사람이 아니었다.

경로를 바꾼 후 우리 앞에 작은 섬이 모습을 드러냈다. 그 섬이 가까워지자 비로소 나는 거기에 사람이 살고 있다는 걸 깨달았다. 1인 공동체였다.

"제닌, 저기 좀 봐. 조난자야. 아니면 난파선 생존자인가 봐. 저 사람을 구해줘야 하는 거 아냐?"

제닌이 웃으면서 고개를 저었다.

"은둔자야. 그리고 제정신이 아니지. 여길 지날 때마다 보는 사람이야. 저 사람은 구조되고 싶어 하지 않아. 혼자 있는 걸 좋아하거든. 그래도 물품은 공급받고 싶은가 봐."

우리가 작은 섬에 더 가까이 다가가자, 제닌의 말대로 섬의 유일한 거주자가 기이한 행동을 하기 시작했다. 바위 끝으로 급히 달려가더니 허공 속으로 비틀거리며 떨어질 것처럼 바위에 올라섰다.

머리가 잔뜩 헝클어진 이 남자는 몇 년간 면도도 못하고 씻지도 못했을 것이다. 멀리서부터 그의 냄새를 맡을 수 있었다. 게다가 하늘고기 썩은 냄새가 지독하게 났다. 하늘가에는 말라비틀어진 고기 뼈와 하늘풀이 널브러져 있었다. 그리고 남자의 소지

품들은 바위 위에 널려 있었다. 침대, 요리용 냄비 몇 개, 갈고리, 줄, 물통뿐이었다.

"도와주게, 형제여! 신성한 사람에게 자비를 베풀어주게. 아니면 잡지라도 사주시게. 몇 년 지난 거긴 하지만 손해는 아닐 걸세."

늙은 남자가 그렇게 외치자, 카니쉬가 미소를 지었다.

"당신이? 신성하다고? 씻으면 좀 신성해질 수 있겠지. 청결은 신성함에 버금가는 것이라고 하던데 말이야."

"물을 좀 주게, 형제여. 나를 불쌍히 여기고 단 몇 방울이라도 이 갈라진 입술과 마른 혀를 적실 수 있게 해주게."

"왜 당신을 불쌍히 여겨야 하지?"

대꾸는 그렇게 했지만 카니쉬는 이미 그 섬을 향해 배를 몰고 있었다.

"누가 이렇게 신마저 버린 외딴 돌무더기에 들어가 살라고 했나? 당신이 원한 게 아니었나?"

"신마저 버렸다고? 그렇지 않네. 만일 신이 있다면 신은 여기서 종의 기도에 답하고 계시네. 신은 바로 이 바위 위에 계시고 은혜와 영광을 주신다네. 물을 주게, 형제여. 그러면 내가 자네를 위해 기도하겠네. 거기 자네들 모두를 위해 기도하겠네. 나는 숭고한 곳과 직통으로 연결이 된다네."

"착각하지 마. 어디에 대고 기도해야 하는지도 모르잖아. 기도를 하고 싶으면 내가 직접 하면 돼. 게다가 당신의 신보다 훌륭한 신에게 말이지."

"내 기도로 구름을 찾아줄 수도 있네."

"내 지혜와 주사위가 더 빨리 찾을 수 있지."

은둔자는 배가 가까워지는 것을 물끄러미 지켜봤다. 결국 카니쉬가 자기 섬에 배를 댈 거라는 사실을 아는 것이다.

"물을 주게, 형제여. 그럼 구름이 어디 있는지 알려주겠네. 물론 구름사냥꾼은 자네지. 자네가 구름사냥꾼이 아니면 뭐겠는가? 치열하게 경쟁하는 명예로운 일이지. 하지만 내가 자넬 도울 수 있네."

"당신 도움을 받는 날이, 내가 이 일을 영원히 그만두는 날이 되겠지."

"남는 물이 있다면 좀 주게, 형제여. 나는 사막처럼 메말랐네. 이제 물이 겨우 한 잔밖에 안 남았어."

"그럼 왜 하필 이곳에 온 거야? 갈증으로 죽으려고?"

"신이 물을 주실 것이기 때문이지."

"그렇다면 우리가 필요 없겠군."

이 소란을 듣고 제닌 엄마가 갑판으로 올라왔다. 그 남자가 누구인지 보더니 칼라가 미소를 지었다.

"아, 아름다운 여인이여…." 은둔자가 말했다.

"저 사람한테 물을 줘요. 얼마나 줄 수 있죠?" 칼라가 카니쉬한테 말했다.

"저한테 주시는 한 방울 한 방울의 물이 구름을 찾는 데 도움이 될 겁니다, 관대한 여인이여. 배고픈 사람에게 자비를 베푸는 것도 좋은 기운을 가져다주지요."

"목마르다고 한 줄 알았는데." 카니쉬가 말했다.

"목도 마르고."

카니쉬가 배를 섬 바로 옆에 세우자, 은둔자가 빈 물통을 들고 황급히 달려왔다. 카니쉬는 물통을 받아서 물을 채우고는 돌려줬다. 물의 무게 때문에 은둔자의 몸이 옆으로 휘청했다.

"고맙소, 친구들. 무한한 축복이 따르기를. 이제 자네들을 위해 구름을 빨리 찾을 수 있도록 기도하겠네."

"그래서 어느 방향으로 가면 되지?"

은둔자가 공기 냄새를 맡으며 주변을 살피더니 주름진 앙상한 손가락을 치켜들어 먼 곳을 가리켰다.

"저기네, 저기. 지금 구름이 만들어지고 있네. 마치 예언자의 말을 들으러 모인 신도들처럼 모여 있네."

카니쉬가 고개를 끄덕였다. 몰라서 방향을 물어본 게 아니라, 그저 이미 정해놓은 항로가 맞는지 확인한 것뿐이라는 듯이.

"어이, 하늘고기 말고 다른 것도 먹어봐야지."

카니쉬가 은둔자에게 쌀과 빵이 든 작은 보따리를 던졌다.

"고맙네, 형제여. 이 은혜에 대해 기도하겠네."

"그리고 좀 씻어보면 어떨까?"

"신이 해주실 걸세. 자네에게 신의 가호가 있길. 그리고 친절한 여인과 두 젊은이에게도 가호가 있길. 또 와주게."

"너무 쓸쓸하게 지내진 마쇼."

이렇게 말하며 손을 흔들어주고, 카니쉬는 배를 다시 돌려 하늘로 향했다.

"진정한 은둔자는 머릿속에 있는 생각들 때문에 외롭지 않다네. 고독은 영혼의 위안이지. 대중은 시끄럽고 혼돈만 주네. 사색과 기도는 최고의 동무지. 생각, 기도, 명상. 나는 자네와 세계의 평화를 위해 기도하겠네. 언젠가 이 섬들이 모두 하나가 되어 위대한 땅이 될 수 있도록."

"내가 살아 있는 한은 그럴 일이 없기를." 카니쉬가 대꾸했다.

우리는 은둔자를 두고 떠났다. 나는 카니쉬가 저 남자를 비웃지만, 어떤 면에서는 존경하고 있다는 느낌을 받았다. 은둔자의 광기, 자발적 고립, 단호함, 그리고 타협하지 않는 개성을 말이다. 카니쉬는 은둔자가 홀로 불모지 같은 바윗덩이 위에서 생존하고 있다는 것 자체를 존경하는 것 같았다.

"어떻게 저기까지 간 걸까? 저 사람은 하늘배도 없잖아."

"한때는 있었지." 제닌이 설명했다. "은둔자들은 아무것도 없는 곳으로 배를 타고 가서 자기 섬을 찾으면 그곳에 짐을 풀어. 그리고 배를 태양으로 침몰시켜버려. 그럼 그곳에 발이 묶이게 되는 거지. 다시 되돌릴 수 없게 말이야."

"죽는 사람은 없어?"

"가끔 있어. 하지만 우리도 결국엔 다 죽잖아. 안 그래?"

"그렇긴 하지."

"그런데 찾아오는 사람들이 많은 은둔자도 있어. 사람들은 은둔자로부터 행운, 마법, 기적을 원하거든. 그래서 은둔자를 무슨 신성한 존재라고 믿고 음식을 갖다 줘. 이런 은둔자들은 자기가 지혜롭고 신성한 존재라는 명성만 쌓으면 사는 데 전혀 문제가 없지."

나는 뱃고물로 가서 멀어져 가는 섬을 쳐다봤다. 은둔자가 앉아서 게걸스럽게 물을 들이켜더니 빵이 든 보따리를 열었다. 그런데 그때, 바위 중 하나가 살아 움직이기 시작했다.

하늘물개였다. 우리가 얘기를 나누는 내내 거기서 일광욕을 즐기며 꼼짝도 않고 있었던 것이다. 하늘물개는 뚱뚱하고 보기 흉한 모습이었다. 뒤뚱거리며 겨우 바위로 올라와서는 마치 물통과 빵 보따리를 노리기라도 하듯 은둔자를 향해 다가갔다.

하늘물개가 오는 걸 눈치챘는지, 은둔자가 몸을 돌려 돌을 몇 개 집어던졌다. 하늘물개가 주저하는 듯했지만 잠시뿐이었다. 하늘물개는 단념하지 않고 계속해서 다가갔다. 그러자 은둔자가 자신의 배였던 것처럼 보이는 파편들 틈에서 쇠파이프를 꺼내 들었다. 그리고 하늘물개를 향해 다가가서는 커다란 몸통과는 대조적인 작은 머리를 마구 내려쳤다.

하늘물개가 끔찍한 소리로 포효하더니 도망치기 시작했다. 저렇게 뚱뚱한 생물이 나는 모습은 생전처음 봤다. 마치 바람을 빵빵하게 넣은 풍선이 떠다니는 것 같았다.

하늘물개가 달아나자 의기양양해진 은둔자는 보따리에서 빵을 하나 꺼내 입에 물었다. 그러다 내가 쳐다보고 있는 걸 알아챈 모양인지, 손을 흔들며 하늘물개가 옮겨 앉은 바위를 가리켰다.

은둔자의 손짓은 마치 이렇게 말하는 것만 같았다. 방금 봤니? 이 말라빠진 은둔자가 뚱뚱한 물개를 이겼어!

은둔자가 영적인 존재인지 어떤지는 모르겠지만, 쇠파이프를 휘두르는 것만큼은 재주가 있었다.

그래서 나는 은둔자한테 열렬히 손을 흔들어줬다.

"물개박수감이에요!"

너무 재미있는 농담이라 말을 안 할 수가 없었다.

제닌이 눈을 치켜떴다.

"재밌네. 또 아는 농담 있어?"

"많지."

"좋았어."

그렇게 해서 우리는 점점 친해지기 시작했다.

15

구름은 어디서 오는 걸까

커다란 섬이 만드는 그늘 영역에서 완전히 벗어나 있는 탓에 한 동안 어둠을 만날 수 없었다. 이 말은 우리에겐 밤이 오지 않을 거라는 뜻이다. 주변에 있는 거대한 섬이 우리와 태양 사이에 들어오지 않는 한, 계속해서 낮이 이어지는 것이다. 하루 종일 햇살만 비추는 것도, 밤이 오기만을 기다리는 것도 내겐 너무나 이상했다.

누구나 다 어둠을 누릴 수 있는 것은 아니다. 오직 낮밖에 없는 섬들도 있으니까. 태양은 우리 아래에 있다. 하지만 태양은 섬들의 밑면뿐만 아니라 두루두루 전체를 비춘다. 위쪽 대기층에 있는 입자들에 빛이 반사되기 때문이다. 그래서 우리는 일반적으로 햇살을, 그것도 아주 많이 받고 산다. 따라서 우리의 문제는 밤을 사수하는 것이다.

내가 사는 섬은 그래도 운이 좋은 편이다. 우리 섬 밑에는 또 다른 섬이 태양과 우리 섬 사이에서 정기적으로 회전하고 있다. 그 덕분에 우리는 매일 밤을 맞이할 수 있다.(완연한 어둠은 아니지만.) 하지만 위성 섬이 없는 섬들은 햇살을 계속해서 받을 수밖에 없다. 그래서 그런 곳의 사람들은 블라인드, 차양, 덧문, 두껍고 무거운 커튼으로 햇빛을 차단해서 직접 어둠을 만들어낸다.

진정한 낮과 밤의 개념이 없는 것처럼, 계절 역시 마찬가지다. 이곳에는 구세계에서처럼 뚜렷한 자연의 순환이 없다. 봄, 여름, 가을, 겨울의 주기가 존재하지 않는다. 계절이 없으니 1년의 개념도 없다. 오직 세계의 중심부에서부터 얼마나 떨어졌느냐에 따라 춥고 더운 날만 있을 뿐이다. 사실 태양은 뜨지도, 지지도 않는다. 그저 제자리에 가만히 있는 것뿐이다.

때로는 두 개의 섬이 굉장히 가까워서 똑같이 회전해서 위에 있는 섬이 영구적으로 햇빛을 막아버리는 경우도 있다. 원래대로라면 빛이 위에 있는 섬에서 반사되어 아래 있는 섬을 비춰줘야 한다. 하지만 그렇지 못하기 때문에 아래 있는 섬이 영원한 어둠에 갇히게 되는 것이다.

물론 그런 곳에도 사람이 살 수는 있다. 살기에 썩 좋은 곳이 아니라서 그렇지. 바로 어둠의 제도가 그런 곳이다. 상식을 가진 사람이라면 그 섬들을 전염병인 양 피할 수밖에 없다.

하늘은 맑았고 구름 한 점 없이 파랗게 빛났다. 가끔 칼라가 불안한 눈빛으로 카니쉬를 쳐다보거나 그에게 가서 귓속말로 무언가를 얘기했다. 카니쉬가 정한 방향에 대해 칼라가 의문을 품으면 말다툼이 벌어지기도 했다. 하지만 카니쉬는 한 번 정한 방향을 절대 바꾸지 않았다. 우리는 원래 가던 방향으로 계속해서 나아갔다.

손목시계를 보니 자정이 넘었다. 나는 피곤했지만 잘 수가 없었다. 제닌이 아래로 내려가 선실에서 자라고 했지만, 아무도 그러지 않아서 나도 내려가지 않았다. 그들에게 나의 진심과 그들만큼 거칠고 강한 나의 모습을 보여주고 싶었기 때문이다.

새벽 한 시가 되기 15분 전, 카니쉬가 침낭을 툭툭 털어서 갑판 위에 펼쳤다. 그리고 항상 목에 두르고 있는 스카프를 풀러 눈을 가렸다. 얼마 되지 않아 카니쉬는 잠이 들었다.

그래서 나도 남는 티셔츠로 안대를 만들었다. 제닌도 잠들었다. 칼라만이 눈 뜬 상태로 첫 번째 보초를 섰다.

새벽 네 시쯤, 누군가 발로 내 갈비뼈를 쑤셔대는 통에 잠에서 깼다. 게슴츠레 눈을 뜨니 나를 내려다보는 카니쉬가 보였다.

"네가 보초 설 차례야." 카니쉬가 말했다. "배에 침입자가 들어오지 못하게 보초 잘 서."

나는 간신히 일어나 뱃머리로 갔다. 피곤하고 짜증이 났지만, 나도 내 몫을 해낸다는 생각에 기쁘기도 했다.

하늘고기들이 노곤하게 떠다니는 모습을 보며 두 시간을 보냈다. 멀리 구름처럼 생긴 하늘고래도 봤다. 하지만 진짜 구름은 전혀 없었다.

한 번은 잘못 보고 모두를 깨울 뻔했다. 하지만 곧 착각했다는 걸 깨달았다. 내가 본 것은 구름이 아니었다. 그것은 수백 미터나 되는 하늘곤충 기둥으로, 토네이도처럼 소용돌이치며 이동하고 있었다. 마치 드릴처럼 공중에 구멍이라도 낼 것만 같았다.

곤충 기둥은 다행히 배 오른쪽으로 지나갔다. 만약 그 기둥이 배에 부딪치면 최악의 상황이 벌어질 수도 있다. 하늘곤충 떼는 사람의 입과 코로 들어가서 폐까지 파고들기도 한다. 날아다니는 하늘개미는 살아 있는 하늘상어를 순식간에 뼈만 남게 만들 수도 있다.

여섯 시가 되자, 제닌이 내가 깨우지 않았는데도 일어나서 보초를 서러 왔다. 나는 눈을 가리고 여덟 시가 될 때까지 잤고, 아침 식사 냄새 때문에 잠에서 깼다.

카니쉬는 조리실에 있었다. 그리고 칼라는 방향타 앞에서 쌍안경을 눈에 대고 먼 곳을 응시하고 있었다.

처음에는 칼라가 뭐라고 말하는지 알 수 없었다. 하지만 칼라가 다시 한 번 크고 단호한 목소리로 외쳤을 때 나는 위를 올려다봤다.

"카니쉬한테 그게 왔다고 전해." 칼라가 말했다.

"그거요? 그게 뭐예요?"

"뭐겠어? 구름이지."

칼라가 나한테 쌍안경을 건넸다. 구름은 몇 시간은 족히 걸릴 만큼 먼 곳에 있었다. 코끼리, 용, 산과 언덕 등 다양한 모습으로 구름이 형성되고 있었다. 마치 진흙 스스로 예술가가 되어 자기 몸을 조각하듯, 구름은 내가 볼 때마다 그 모양이 바뀌어갔다.

나는 아래로 내려가 제닌과 카니쉬를 불렀다.

"구름이 왔어요!"

좀처럼 흥분이 가시질 않았다.

"얼마나 멀리 있는데?" 카니쉬가 물었다. 전혀 놀라지 않은 눈치였다. 기뻐하는 것 같지도 않았다.

"칼라 아줌마가 네 시간 정도 떨어져 있는 것 같대요."

카니쉬가 고개를 끄덕이더니 계속해서 냄비를 휘저었다.

"좋았어."

"안 올라올 거예요?"

"아침부터 만들고."

나는 카니쉬가 좀 더 열렬한 반응을 보여줘야 하는 게 아닌가 생각했다. 하지만 뭐, 카니쉬는 이런 과정을 수도 없이 경험했을 테니, 이해가 안 가는 건 아니었다.

나는 제닌한테 몸을 돌렸다.

"나랑 갑판으로 가자."

제닌이 카니쉬를 봤다. 마치 자기 없이도 할 수 있겠냐고 묻는 듯했다. 카니쉬는 가라고 손짓한 뒤 희미하게 즐거움과 경멸이 반반씩 섞인 듯한 눈으로 나를 쳐다봤다. 그러더니 다시 요리에 집중했다.

나는 몹시 흥분되어 있었다. 구름이 무슨 괴생명체도 아니고, 하늘에 떠 있는 수증기일 뿐인데 말이다. 구름이 우리한테서 도망친다거나 달려들어 공격할 것도 아닌데 말이다.

제닌과 나는 번갈아 쌍안경을 들여다봤다. 구름은 크게 부풀어 있었다. 흰색과 잿빛, 그리고 약간 분홍빛이 돌았다. 구름은 쉼 없이 움직였고 끊임없이 나뉘었다. 또 소용돌이치듯 돌면서 커지기도 하고 서로 합쳐졌다가 다시 분리되기도 하면서 그 모양새가 계속 변해갔다.

"구름은 어디서 오는 걸까?"

그러자 제닌이 카니쉬처럼 재미있다는 듯이 나를 쳐다봤다.

"뭐가 그렇게 신나? 구름은 전에도 본 적 있잖아."

"본 적은 있지…."

내가 본 구름은 땅에서 겨우 몇 킬로미터 떨어져 있는 것이었다. 이렇게 위아래도 없이 드넓게 펼쳐진 텅 빈 하늘에서, 그것도 초록빛 보석 같은 눈과 매력적인 얼굴과 매력을 더해주는 흉터를 가진 소녀와 함께 본 적은 없었다.

내가 그렇게 신이 난 건 구름 때문이 아니었는지도 모른다. 어쩌면 제닌 때문이었는지도 모른다. 그리고 어쩌면 제닌도 그걸 알아챘던 것 같다.

나는 쌍안경을 건넸다.

"왜 구름은 다른 곳이 아니라 저기서 형성되는 걸까?"

"상승기류, 온도, 습도. 이런 조건들이 딱 맞아야 하거든."

"그럼 구름들이 계속 저렇게 지속돼?"

"아니. 어떤 때는 우리가 도착하기 전에 사라지기도 해."

"그럼 어떻게 해?"

"계속 찾아봐야지."

"아무것도 못 찾으면?"

"빈손으로 돌아가는 수밖에."

"그럼 어떻게 해? 팔 물이 없잖아? 그럼 돈도 못 벌잖아?"

제닌이 또다시 재미있다는 듯 나를 쳐다봤다.

"며칠 굶는 거지."

설마? 세상에 굶는 사람이 어디 있다고? 요즘에 굶는 사람은 없다. 이런 나의 의구심이 얼굴에 훤히 드러났나 보다.

"자, 크리스찬. 네 부모님은 직업이 있잖아, 그렇지? 일을 하면 월급을 받고 승진도 해. 또 보험에 연금도 있지."

"그래서?"

"부모님이 하늘상인들하고 일하시지?"

"아빠는 그렇지. 행정 업무를 보셔. 아주 큰 회사에서."

"만약 너희 아빠 회사가 배를 모두 잃으면 어떻게 돼?"

"그런 일은 일어날 수가 없어."

"왜?"

"아빠 회사는 엄청나게 많은 배를 보유하고 있는걸. 그건 절대 일어날 수 없는 일이야."

제닌이 난간에 앉아서 쌍안경을 눈에 갖다 댔다.

"절대 일어날 수 없는 일이란 없어. 이 세상은 위험하거든. 우린 안전하지 않아. 우리 모두 말이야. 넌 안정적인 삶을 산다고 생각하지만, 아니야. 그건 착각일 뿐이야. 넌 딱딱한 바닥이 아니라 구름 위에 서 있는 거야. 그리고 그 구름은 언제든 녹아버릴 수 있어. 네가 나보다 절대 안전한 건 아니야. 단지 네가 그걸 깨닫지 못하는 것뿐이지."

이제 쌍안경 없이도 구름이 선명하게 보이기 시작했다. 구름은 점점 짙어지더니 어두운 잿빛이 되었다.

제닌이 엄마를 불렀다.

"빨리 가지 않으면 비가 내리겠어요."

"알고 있어." 칼라가 답했다.

"그게 나쁜 거야?" 내가 물었다.

"물론이지. 비가 내리면 구름이 사라지거든. 머리 좀 써봐."

칼라가 웃는 걸 보고 나도 모르게 내 얼굴이 붉어졌다.

"너무 언짢아하진 마, 크리스찬." 칼라가 말했다.

"더 빨리 갈 순 없어요?"

제닌이 이렇게 묻자마자 카니쉬가 아래에서 음식 냄비와 그릇을 들고 올라왔다.

"구름이 짙어지고 있어요." 칼라가 카니쉬한테 물었다. "최고 속도로 가면 얼마나 걸리죠?"

"두 시간 정도? 하지만 유쾌하지 않은 여정이 될 거예요."

"어쩔 수 없죠."

카니쉬가 어깨를 으쓱하더니 조종대로 가서 안전장치를 풀었다. 그런 뒤 태양전지판을 열고 돛을 펼치는 동안 옆에서 도와달라고 했다. 내가 큰 도움이 안 된다는 걸 잘 아는데도, 카니쉬는 제닌이 아닌 나한테 도움을 요청했다. 내가 얼마나 멍청하고 쓸모없는지 제닌한테 보여주려고 그런 게 아닌가 하는 생각이 들었다. 어쨌든 나는 덕분에 일을 배울 수 있었고, 다음에는 좀 더 제대로 해낼 수 있을 것 같았다.

다시 자리로 돌아왔을 때 음식은 이미 다 식어 있었다. 배가 굉장히 빨리 이동했기 때문에, 나는 음식을 먹은 뒤 추위를 견디기 위해 코트를 입어야 했다. 배는 열기포에 맞서 질주했고 가끔 20미터, 30미터, 심지어 50미터 이상까지 공중으로 무섭게 튀어 올랐다. 때로는 그만큼 아래로 느닷없이 출렁이기도 했다.

"구명조끼 줄까?" 카니쉬가 물었다.

"저, 하늘수영 할 줄 알아요."

"할 줄 알아?"

"물론이죠."

"아무것도 없는 하늘에서도? 열기포도 있는데?"

"그게… 땅 위에서요."

카니쉬가 구명조끼를 나한테 던졌다.

"그거 입어."

나는 약간 부끄러웠지만, 제닌을 보니 이미 구명조끼를 입고 있었다. 사실 사람을 20미터씩 날려버리고, 깃털처럼 회오리바람 속으로 빨려 들어가게 만드는 열기포가 있는 하늘에서 수영을 한다는 건 자살 행위나 다름없다.

구름이 조금씩 물러나는 것처럼 보였지만 우리는 그보다 더 빨리 구름을 향해 달려갔다. 구름은 이제 잿빛에서 검은색으로 변하고 있었다. 그러더니 어두운 안개가 떨어지는 게 보였다.

"비다!"

카니쉬가 화가 난 듯 중얼거렸다. 그리고 내가 알아들을 수 없는 사투리로 욕 같은 걸 한바탕 쏟아냈다.

하지만 비는 한참 뒤에도 내리지 않았다. 산맥과도 같은 모양의 구름층은 우리가 가지고 온 탱크를 가득 채우고도 남을 만큼 거대했다.

구름에 거의 다다랐을 때 흥분은 점점 고조되었다. 다른 것들은 모두 잊어버렸다. 나에겐 충분히 스릴 넘치는 사냥이었다. 구름은 마치 평화롭게 방목 중인 양 떼 같았다.

수증기가 소용돌이쳤다. 칼라의 길게 땋은 머리가 뒤로 날렸다. 칼라 옆으로 간 카니쉬가 칼라의 손이 놓인 방향타에 닿을 듯 말 듯 가까이 자기 손을 올렸다.

"얼마나 걸려요?" 칼라가 물었다.

"몇 분 안 남았어요. 압축기 확인하고 올게요. 거기, 너!" 카니쉬가 나를 가리켰다. "이리 와봐."

나는 카니쉬와 함께 가서 압축기를 확인했다. 장치를 점검하는 동안 제닌은 뭘 하나 싶어 슬쩍 보니, 제닌은 갑판 난간에서 이마에 손을 대고 왼편을 바라보고 있었다. 구름이 바로 앞에 있기 때문에 그걸 보고 있을 리는 없다.

잠시 후 제닌이 몸을 돌려 소리쳤다.

"카니쉬 삼촌!"

"왜?"

"저길 봐요!"

우리는 동시에 제닌이 손가락으로 가리키는 곳을 쳐다봤다.

카니쉬가 아까보다 더 심한 욕을 내뱉었다. 칼라도 뭐라고 중얼거렸다. 칼라가 쳐다보자 카니쉬는 마치 주문을 걸고 저주라도 하는 듯 마구 손짓을 해댔다.

"뭔데? 난 아무것도 안 보여. 뭐가 있어? 어디에?"

내가 묻자, 제닌이 아무 말 없이 나한테 쌍안경을 건네줬다. 서쪽 하늘에 검은 점이 선명하게 보였다. 배였다. 우리 배와 똑같은 배였다.

"다른 구름사냥꾼이네. 그렇지?"

제닌이 쌍안경을 도로 가져가서는 눈에 갖다 댔다.

"그런 셈이지." 제닌이 대답했다.

"어디로 가는 거야?"

"어디로 가는 거겠어?"

그제야 나는 이게 더 이상 단순한 사냥이 아니라는 걸 깨달았다. 이것은 경주였다. 누가 먼저 구름에 도착하느냐 하는 경주 말이다. 두 무리의 사냥꾼들이 하나의 먹잇감을 노리고 있는 것이다. 그리고 공유란 없다.

16

구름을 선점하라

우리는 다른 배가 다가오는 걸 지켜봤다. 우리 배와 비슷한 구조였지만 선체에 구멍이 나 있었고 여기저기 팬 자국이 많았다. 아마 최근에 유성 폭풍을 맞아 망가진 것 같았다.

상대편 배는 우리처럼 태양전지판을 모두 열어두고 돛을 펄럭이며 전속력으로 달려오고 있었다. 우리보다 먼저 도착하려고 안달이 난 게 분명했다.

"더 빨리 갈 수 있어요?" 칼라가 물었다.

카니쉬가 고개를 저었다.

"아니요. 하지만 돛은 우리가 더 많아요."

카니쉬의 말은 우리 배는 바람이 뒤에서 밀어주고 있지만, 상대편 배는 그렇지 못하다는 것이었다. 상대편 배는 바람을 맞으며 지그재그로 나아가고 있었다.

"알아보겠어요? 누군지 알겠어요?"

카니쉬가 다시 고개를 저었다.

제닌이 쌍안경 각도를 조절하며 상대편 배를 자세히 살피더니 쌍안경을 내려놓았다. 얼굴에는 당혹감이 서려 있었다.

"저 배에 탄 사람들은 진짜 구름사냥꾼이 아니야. 저들은 야만용이야." 제닌이 말했다.

"확실해?"

칼라가 쌍안경을 들어 직접 확인하고는 카니쉬를 향해 고개를 끄덕였다.

"제닌 말이 맞아요."

카니쉬가 또 욕을 했다. 그러고는 손을 허리춤에 대며 칼이 제자리에 잘 있는지 확인했다.

"야만… 뭐?" 내가 물었다.

"우린 그렇게 불러. 범죄자, 해적, 살인마, 야만인. 전통도 문화도 없는 그런 사람들." 제닌이 설명했다.

"경쟁자야?"

"그렇다고 볼 수 있지."

"그런데?"

"저 사람들은 우리 같은 진정한 구름사냥꾼이 아니야. 그냥 기회주의자들일 뿐이지. 뭐든 닥치는 대로 도둑질하는 사람들."

"무슨 말이야?"

"저 사람들은 무슨 방법을 써서라도 구름을 빼앗으려고 할 거야. 자기들이 먼저 도착했든, 나중에 왔든 상관없이."

"그럼 우린 어떡해야 해?"

"당연히 못 **빼앗게** 해야지."

"하지만 어떻게 막아?"

셋 다 나를 쳐다봤지만 아무도 답은 하지 않았다. 칼을 꺼내 엄지손가락으로 칼날을 확인한 후 다시 허리춤에 넣은 카니쉬의 행동이 일종의 답이었다.

선실로 간 칼라가 허리춤에 칼을 차고 돌아왔다.

나는 그 순간 그냥 집에 있을걸 그랬나 하는 생각이 들기 시작했다. 카니쉬도 같은 생각인 것 같았다.

"쟤를 데려오는 게 아닌데."

카니쉬는 자기 목소리가 들리지 않을 거라고 생각한 모양이었다. 하지만 나는 그의 말을 똑똑히 들었다.

"저 애는 제닌의 친구예요. 제닌은 혼자 보내는 시간이 너무 많다고요." 칼라가 말했다.

카니쉬가 고개를 돌려 배 옆으로 침을 뱉었다.

"육지인과의 우정이라니! 교육이라! 그게 다 무슨 소용이죠? 육지에선 여기서 배우지 못하는 대단한 거라도 배우나 보지? 식탁 매너 같은 거?"

"당신은 절대 모르는 것들이죠."

"그리고 절대 알 필요가 없는 것들이죠."

"아니. 그건 당신이 평생 이 일만 했기 때문이에요."

"그래서 제닌이 뭘 할 수 있는데요?" 카니쉬가 화를 내며 도전적으로 말했다. "얼굴에 저런 흉터를 갖고 있는 애가 이제 와서 누구랑 어울릴 수 있죠? 너무 늦었어요. 낙인이 찍힌 걸 알잖아요. 어딜 가든 제닌은 이단아예요. 우리 같은 방랑자라고요."

"낙인은 제닌 아빠가 원한 거예요, 내가 아니라. 우린 그 문제로 싸웠어요. 그건 구시대적인 나쁜 전통일 뿐이라고, 이제 끝을 내야 한다고 했지만…."

"이제 와서 없앨 수도 없잖아요. 제닌은 구름사냥꾼이고, 앞으로도 영원히 구름사냥꾼일 거예요. 제닌이 어딜 갈 수 있겠어요? 어떤 섬에서 제닌을 받아주겠냐고요. 모든 사람이 물을 원하지만 정작 물을 가져오는 사람은 무시하죠. 우리 없인 살지도 못하면서 우리더러 야만인이라고 하죠."

"편견은 충분히 극복할 수 있어요." 칼라의 얼굴이 돌처럼 경직되었다.

"하! 잘 들어요. 아무도 저 얼굴에 난 흉터를 못 본 척 넘어가 주지 않을 거예요. 내 팔에 있는 문신이나 내 피부 색깔처럼 말이죠."

"세상엔 수천 개의 섬과 수천 개의 피부색이 존재해요. 누구나 환영받는 섬이 있을 거예요."

"우릴 위한 섬은 없어요. 구름사냥꾼에겐 집이 없죠. 그저 항해와 하늘뿐이지. 나나 당신처럼 제닌의 유전자에도 새겨져 있단 말이에요."

칼라는 곧바로 대꾸하지 않았다. 그러더니 조용히 혼잣말처럼 말했다.

"만약 나중에 제닌이 육지인과 결혼해서 아이를…."

나도 육지인인데? 그렇다면 혹시….

"어쩌면…" 카니쉬가 어깨를 으쓱하더니 고개를 돌려 상대편 배를 봤다. "하지만 누가 제닌을 데려가겠어요?"

제닌은 두 사람의 대화를 듣지 못했다. 제닌은 뱃고물에 가 있었다. 하지만 나는 모든 내용을 들었다. 그리고 깨달았다. 구름사냥꾼의 흉터는 단순한 의식이나 치장이 아니었다. 그들은 다른 사람들의 삶으로부터 스스로를 제외시켜버린 것이다. 소외되고 환대받지 못해야만 구름사냥꾼의 맥이 이어지기라도 하듯, 자진해서 이런 삶을 살아가는 것이다.

하긴, 저런 흉터를 가진 사람이 사무실이나 은행 창구에 앉아 행복하게 일하는 모습은 볼 수 없을 것이다. 생김새만으로도 고객에게 거부감을 줄 수 있기 때문이다. 정장을 입고 넥타이를 맨 카니쉬는 양복을 입은 하늘상어만큼이나 터무니없게 느껴질 것이다. 어쩌면 양복 차림의 하늘상어가 더 그럴싸하게 보일지도 모르겠다.

나는 제닌을 쳐다봤다. 제닌의 표정은 왠지 슬퍼 보였다. 설마, 칼라와 카니쉬의 얘기를 들은 걸까? 나는 흉터가 없는 제닌의 모습을 상상해봤다. 만약 그렇다면 제닌도 다른 평범한 여자애들과 같아 보일 것이다. 아니, 정말 그럴까? 흉터가 없어도 제닌은 남달라 보일 것이다. 제닌에겐 남다른 무언가가 있다. 무언가 색다르고 자유로운 것 말이다. 제닌의 초록빛 눈은 마치 보석 같다.

"제닌…."

왠지 제닌한테 위로와 용기를 주는 말을 해야 할 것만 같았다.

"왜?"

"그 흉터 말이야… 그게 널 더 돋보이게 만들어주는 것 같아."

아, 이게 아닌데. 내가 진짜 하고 싶은 말은 이게 아닌데.

"이 흉터 때문에 괴물 같아 보이잖아. 그게 나야, 안 그래? 못생기고 흉터 난 괴물. 다들 날 그렇게 생각하잖아."

"아니, 아니야. 그렇게 생각하지 않아. 아니야."

"그렇게 생각해. 내가 들었단 말이야."

"아니, 난 그렇게 생각하지 않아. 넌 정말 아름다워."

제닌이 초록빛의 날카로운 눈으로 나를 쳐다봤다.

"크리스찬, 웃기지 마."

그렇게 말하고 제닌은 뱃머리로 가 홀로 앉았다.

나는 제닌을 혼자 두었다. 내가 지금 뭐라고 말할 수 있을까? 어떻게 제닌은 자기가 못생겼다고 생각하지? 내가 지금껏 본 사람들 중 가장 아름다운데.

나는 잠시 후 제닌의 곁으로 다가갔다. 멀리서 배가 번쩍이는 게 보였다. 상대편 배는 빠르게 질주하고 있었다. 펼쳐진 돛이 펄럭였고, 태양전지판도 활짝 열려 있었다.

"야만용에 대해 말해줘. 저 사람들은 누구야? 야만용이란 말은 대체 무슨 뜻이야?"

제닌이 웃었다.

"야만인과 용렬한 사람이란 단어를 합해서 만든 거야."

"용렬한 게 뭐야?"

"넌 똑똑한 줄 알았는데."

"모든 걸 다 아는 사람은 없어. 무지한 사람들이나 그렇게 생각하지."

"용렬한 사람이란 변변치 못한 사람이란 뜻이야. 멍청하고 어릿광대 같은 사람. 그래서 야만용은 신뢰할 수 없고 예측 불가능해. 대부분 폭력적이고."

"그럼 야만용들은 구름사냥꾼을 뭐라고 불러?"

"저 사람들한테 직접 묻지그래? 곧 있으면 아주 가까워질 텐데."

우리는 상대편 배보다 200미터쯤 앞서 있었다. 우리 배는 곧 구름층의 표면에 닿았다. 나는 구름을 만져보려고 손을 뻗었다. 그런다고 만질 수 있는 건 아니지만 말이다. 구름이란 결국 물로 된 유령이니까.

"방향타 잡아."

카니쉬가 조종대를 놔두고 압축기로 갔다. 우리는 구름층 안으로 들어갔다. 카니쉬가 펌프를 작동시키자 기계 돌아가는 소리를 내며 펌프가 생명을 얻었다.

"자, 끝났군."

우리가 결국 구름층에 먼저 도착했다. 이제 우리는 구름에 대한 권리를 당당히 주장할 수 있게 된 것이다. 하지만 문제는 이거였다. 저들이 과연 우리가 평화로이 물을 수확할 수 있게 가만 놔둘 것인가?

이 궁금증에 대한 답은 곧바로 얻을 수 있었다.

그 답은 '아니다'였다.

17

해결사 카니쉬

안개가 짙어지면서 이제 저들의 모습이 보이지 않았다. 상대편 배는 구름 속으로 사라져버렸다.

잠시 후 엔진이 점화하는 소리가 들렸고, 그 뒤로 압축기 돌아가는 소리가 들렸다.

"어이, 거기! 압축기 꺼!" 카니쉬가 안개에 대고 외쳤다.

하지만 상대편 압축기는 계속해서 요란한 소리를 냈다.

나는 구름 속으로 손을 뻗어봤다. 손이 사라졌다가 이내 다시 보였다. 구세계에 관한 책에서 본 것처럼, 아마 처음 눈을 경험한 사람도 이랬을 것이다. 신기하기도 했고 터무니없기도 했다. 웃음만 났다.

그런 나를 보고 제닌이 미소를 지었다. 하긴, 제닌에겐 흔하디흔한 일상일 테니까.

우리 압축기가 작동하는 소리 너머로 계속해서 소리가 들려왔다. 저들은 지금 우리의 구름, 우리의 물을 훔치고 있다. 이렇게 저들이 구름을 훔쳐 가도록 놔둘 것인가?

잠시 후 카니쉬가 우리 압축기를 껐다. 왜지? 설마 저들이 구름을 차지하도록 포기하는 것일까? 하지만 이내 카니쉬가 구름 속에 숨은 저들의 배를 엔진 소리로 추적하고 있다는 걸 깨달았다.

"저쪽이에요."

칼라가 고개를 끄덕이더니 방향타를 돌려 배를 오른쪽으로 틀었다. 상대편 배의 압축기 소리와 펌프 소리가 점점 커졌다. 우리를 둘러싼 구름이 점점 짙어지더니 잿빛으로 어두워졌다. 이제 갑판조차 거의 보이지 않았다. 제닌도 보였다 안 보였다 했다. 잠깐 보였다가 다음 순간 사라져버리는 게 마치 귀신 같았다.

몸이 으슬으슬 떨렸다. 정신을 차리고 보니 옷이 모두 젖어 있었다. 바깥세상이 사라졌다. 이제 보이는 거라곤 두터운 커튼처럼 세상의 모든 소리를 고요하게 가려버리는 짙은 안개뿐이었다. 심지어 상대편 배의 덜덜거리는 압축기 소리도 유리 막 너머에서 들려오는 것처럼 느껴졌다.

그런데 갑자기 어두운 그림자가 어렴풋이 시야에 들어왔다가 급히 사라졌다.

"저기 있군!"

칼라가 사라져버린 그림자를 쫓기 위해 방향타를 돌렸다.

"어이, 거기!" 카니쉬가 다시 외쳤다.

아무도 대답하지 않았다. 어쩌면 저들은 우리를 무시하면 우리가 그냥 돌아갈 거라고 생각했는지도 모른다. 하지만 카니쉬는 순순히 물러날 사람이 아니었다.

카니쉬의 신호에 따라 칼라가 배를 가까이 대자, 카니쉬가 갑판 난간 위로 올라가 한 손으로 돛대 밧줄을 잡고 섰다. 상대편 배의 그림자가 다시 나타났다. 배에 타고 있는 세 명의 모습이 보였다. 그들은 마치 유령 같았다.

"배가 움직이지 않게 해줘요!"

카니쉬가 허리춤에서 칼을 꺼냈다. 그리고 밧줄을 잡았던 손을 놓더니 갑자기 배에서 뛰어내렸다. 구름 속으로 들어간 카니쉬는 곧 시야에서 사라졌다. 안개가 다시 우리를 포위했다.

칼라가 배를 고정했다. 제닌이 카니쉬가 뛰어내린 지점으로 달렸다. 나도 제닌을 따라갔다. 우리의 심장 소리와 상대편 배의 희미한 압축기 소리만 들렸다. 그런데 얼마 후….

목소리가 들렸다. 화가 잔뜩 난 목소리였다. 나는 카니쉬의 목소리를 알아들을 수 있었다. 카니쉬는 상대편 배의 사람들한테 지금 무슨 짓을 벌이고 있는지 알기나 하냐고, 관습과 규율도 모르냐고 따졌다. 그러자 카니쉬의 주장에 이의를 제기하는 또 다른 목소리가 들렸다.

말싸움이 점점 격렬해지더니 싸우는 소리도 들렸다. 그러다 다시 조용해졌다. 배의 압축기 소리가 멈췄다. 고통스러운 비명 소리가 들려왔다. 우리 주변으로 두꺼운 구름이 소용돌이쳤고, 다시 주변이 조용해졌다. 축축하게 젖은 내 몸이 추위와 두려움에 덜덜 떨렸다.

카니쉬는? 카니쉬는 어떻게 된 걸까? 무슨 짓을 벌인 거지?

갑자기 우리 배가 흔들리더니 안개를 뚫고 뱃머리가 나타났다. 두 배가 서로 스치는 순간, 누군가 상대편의 뱃머리에 서 있는 게 보였다. 그 그림자가 우리 배를 향해 뛰어들어 부드럽게 갑판 위에 착지했다. 그 즉시 칼라가 뱃머리를 밖으로 돌리기 위해 방향타를 틀었다.

카니쉬가 돌아왔다. 그의 피부는 물기로 반짝였고, 얼굴에는 미소가 활짝 피었다. 카니쉬는 칼을 손수건으로 닦은 후 다시 허리춤에 찼다. 칼라가 묻고 싶은 게 있는 듯 카니쉬를 쳐다봤다. 그에 대한 답으로 카니쉬가 검지를 목에 갖다 대고 목을 긋는 시늉을 하더니 씩 웃었다. 그러자 칼라도 미소를 지었다. 마치 문젯거리를 잘 처리했다고 칭찬하는 듯이.

카니쉬가 갑판을 가로질러 압축기를 다시 작동시켰다. 지금은 그게 유일한 소음이었다. 다른 압축기 소리는 들리지 않았다. 저쪽에서 사냥을 접은 게 분명했다.

갑자기 속이 안 좋아졌다. 이번에는 하늘멀미가 아니라 가슴속 깊은 곳에서 이상한 기분이 느껴졌다. 나는 난간으로 가서 몸을 기댔다. 다시 푸른 하늘을 보며 햇살을 느끼고 싶었다.

야만인들. 카니쉬가 저 배 위에 있던 사람을 죽였다. 실제로는 그 누구의 것도 아닌 한 줌의 구름 때문에 살인을 저지른 것이다. 그리고 칼라는 그 행동을 칭찬했다. 어쩌면 카니쉬는 선장뿐 아니라 배 위에 있던 다른 두 명도 모두 죽었을지 모른다. 충분히 그러고도 남을 사람이다.

제닌은 갑판에 서서 압축기 속으로 수증기가 굽이치며 빨려 들어가는 모습을 지켜보고 있었다. 제닌 역시 꽤나 침착해 보였다. 마치 항상 있는 일이라는 듯이. 어쩌면 그럴지도 모른다.

나는 다시 카니쉬를 쳐다봤다. 카니쉬의 팔뚝에 난 상처들은 어쩌면 총잡이가 사람을 한 명씩 죽일 때마다 개머리판에 표시하듯 칼로 새긴 것인지도 모른다.

집이 간절히 그리워졌다. 여길 따라오는 게 아닌데. 하늘에는 육지에서와 같은 법이 없다는 걸 알지만, 이 정도일 줄은 상상도 못했다. 나는 세 사람으로부터 몸을 돌려 차가운 난간에 머리를 기댔다. 구름 수증기 때문에 머리가 흠뻑 젖어 있었다. 갑자기 저 사람들이 꺼림칙해졌다. 제닌까지 포함해서 말이다. 탱크 가득 물을 채우기 위해 사람을 죽이다니. 그리고 칼라와 제닌은 왜 그런 행동을 묵인하는 거지?

"크리스찬? 무슨 일 있어? 아파 보여."

제닌이 내 곁으로 다가왔다. 나는 대답하지 않았다.

"왜 그래? 얼굴이 파래졌네. 하늘멀미 나?"

제닌의 얼굴에는 걱정이 가득했다. 제닌의 얼굴도 내 얼굴처럼 습기로 축축해져 있었다. 작은 물방울들이 제닌의 땋은 머리에 다이아몬드처럼 맺혔다.

"어떻게… 어떻게 그럴 수 있어?"

"뭐가? 뭘 말이야?"

무슨 말인지 모르겠다는 듯 제닌은 어리둥절한 표정이었다.

"어떻게 그럴 수 있어?"

"뭘? 누가?"

"카니쉬 아저씨가 한 짓 말이야."

"삼촌은 우리를 보호하려고 그런 거야. 우리 스스로를 지키려면 맞서 싸우기도 해야 해. 그러지 않으면 우린 끝이야. 한 번 물러서면 그대로 끝이란 말이야."

"그냥 나눠 가지면 안 되는 거야?"

"그게 하늘에서의 관습이고 규율이야. 우리가 먼저 왔잖아. 그러니까 당연히 저 구름은 우리 거지. 저들도 자기들이 잘못했다는 걸 알아."

"그렇다고 그렇게까지 해?"

"뭘? 무슨 말 하는 거야? 뭘 그렇게까지 해?"

나는 아까 카니쉬가 한 것처럼 검지를 들어 올려 목을 베는 시늉을 했다.

제닌이 황당하다는 표정으로 나를 보더니 웃기 시작했다. 카니쉬와 칼라가 궁금하다는 듯 이쪽을 쳐다봤다.

"크리스찬, 네 상상력은 정말 대단하구나. 책을 너무 많이 읽었나 봐."

제닌은 뭐가 그렇게 웃기는 걸까? 사람을 죽이는 게 재미있다는 건가?

"그럼 다른 분야도 한번 읽어봐. 유혈이 낭자한 책들 말고." 이렇게 말하고 제닌이 갑판을 향해 소리쳤다. "카니쉬 삼촌! 여기요, 이리로 와봐요."

"지금 바빠!"

하지만 내가 보기에 일은 압축기가 다 하고 있었다. 카니쉬가 지금 바쁜 건 자신의 새 상처에 감탄하며 예전 상처들과 어울리는지 보느라 정신이 없어서였다.

"그러지 말고, 이리 와봐요."

결국 카니쉬가 호기심 많은 고양이처럼 우리를 향해 걸어왔다.

"뭔데?"

제닌이 나를 가리켰다.

"크리스찬이 저 배에 가서 삼촌이 뭘 하고 왔다고 생각하는지 알아요?"

"뭐?"

제닌이 검지를 들어 목을 긋는 자세를 취했다.

"그게 뭐 어떻다고?"

"삼촌이 뭘 베었는지 말해줘요."

"당연히 압축기 파이프지. 그거 말고 다른 게 있어?"

당혹감에 내 몸이 뜨거워지는 게 느껴졌다. 분명 내 얼굴은 신호등처럼 빨개졌을 것이다.

"크리스찬은 삼촌이 야만용 선장의 목을 벤 줄 알아요!"

카니쉬가 역겹다는 표정으로 머리를 절레절레 흔들었다.

"멍청한 녀석."

그렇게만 말하고 카니쉬는 다시 갑판을 가로질러 압축기를 보러 갔다.

내가 생각해도 그랬다. 멍청한 녀석. 멍청한 걸로 따지면 대상감이다.

"어떻게 사과해야 할지…."

"그럼 하지 마."

"나 때문에 아저씨가 화났을까?"

"아니. 카니쉬 삼촌은 화를 잘 안 내거든. 아마 자기를 그렇게 봐줘서 더 좋아할걸."

"그렇겠지?"

대답 대신 제닌은 뭘 상상하느냐는 듯 어깨를 으쓱했다.

"어쨌든 미안해."

"그래. 이제야 네가 우리를 진짜로 어떻게 생각하는지 드러난 거지."

"아니, 그렇게 생각한 게 아니야. 그냥… 오해한 것뿐이야."

제닌이 다시 어깨를 으쓱했다. 오해였든 아니든 상관없다는 몸짓이었다.

"앞으로는 우리에 대해 좋게 생각하도록 해봐. 우리를 좀 믿어줄래?"

"좋게 생각해. 그리고 믿어. 그러니까 내 말은, 그러도록 할게."

"너무 심각하게 받아들이진 마. 그냥 널 놀리는 거야."

나는 제닌한테 더 이상 뭐라고 말해야 할지 몰랐다. 또 입을 벌렸다가 말실수를 하지 않을까 겁이 나서 말을 할 수가 없었다.

제닌이 갑판에 앉더니 손으로 자기 옆쪽 바닥을 쳤다. 나는 제닌 옆으로 가서 쪼그려 앉았다.

"네가 그런 생각을 했다니 믿을 수가 없다. 어쩜 그래?"

"그게… 너도 알잖아."

"카니쉬 삼촌이? 사람 목을 벨 것 같다고?"

나는 카니쉬를 힐끗 쳐다봤다. 카니쉬도 책상다리를 하고 갑판에 앉아서 숫돌에 칼을 갈고 있었다.

그래, 그렇게 생각해, 제닌. 넌 웃을지 몰라도 말이야. 넌 나보다 카니쉬에 대해 훨씬 잘 안다고 생각하겠지만, 난 여전히 카니쉬가 누군가의 목을 벨 수 있는 사람이라고 생각해. 아니, 이미 몇 명쯤 목을 베어버린 적이 있고, 앞으로도 주변에 보는 눈만 없으면 기회를 봐서 그런 짓을 할지 몰라. 그래, 나한테는 카니쉬가 그런 사람으로 보이거든.

나도 모르게 내 손이 목을 조심스럽게 감싸고 있었다. 그런 내 모습을 카니쉬가 힐끗 보더니 하얀 이를 드러내며 조롱하듯 미소 짓고는 다시 칼을 갈기 시작했다.

18

벌레들의 습격

우리 배는 차갑고 축축한 안개 속을 헤매고 있었고, 압축기 소리 외에 그 어떤 소리도 들리지 않았다. 그러다가 구름이 점차 열어지더니 작은 틈 사이로 파란 하늘이 보이기 시작했다.

물이 콸콸 흐르는 소리가 났다. 카니쉬가 압축기를 끄자 세상이 다시 고요해졌다. 물이 조금 넘쳐서 갑판 위로 흘렀다. 카니쉬가 압축기 호스를 빼서 그것을 컵에 넣고 물을 받았다.

"괜찮아요?" 칼라가 물었다.

물맛을 본 카니쉬는 만족스러운 눈치였다. 칼라가 컵을 받아 물맛을 본 뒤 제닌한테 컵을 건넸고, 마지막으로 내가 맛을 봤다. 물은 차갑고 신선했다. 뭐라 정의할 수 없는 맛이 살짝 났는데, 꽤나 훌륭한 빈티지 물 같았다.

또다시 밤이 찾아왔다. 시간상으로는 그랬다. 하지만 햇살은 그대로였다. 물을 모두 수확했으니 이제 잠을 잘 시간이었다. 칼라는 배를 돌려서 집으로 출발했고, 우리는 지난번처럼 돌아가며 보초를 섰다.

칼라 다음으로 보초를 서고 카니쉬와 교대한 후, 나는 갑판 위 침낭 속으로 몸을 뉘었다. 티셔츠를 눈까지 끌어당겨 덮었지만 잠이 오지 않았다. 그래서 티셔츠를 치우고 가만히 누워 하늘을 이동하는 배의 움직임을 느꼈다.

제닌은 몸을 반쯤 동그랗게 만 채 자고 있었다. 나는 번데기가 탈피하는 것처럼 침낭 속에서 몸을 꿈틀대며 갑판을 이동해 갔다. 제닌의 숨결이 느껴질 정도로 가까워졌다. 제닌의 머릿결 냄새를 맡고, 꿈을 꿀 때마다 눈꺼풀 속에서 움직이는 눈동자를 보기 위해 조금 더 다가갔다.

그런데 제닌이 느닷없이 팔과 다리를 심하게 휘둘렀다. 손등으로 내 머리를 세게 치더니 무릎으로 배를 찼다. 나는 악 소리를 내며 배를 움켜쥐고 원래 내 자리로 굴러갔다.

고통이 가시기까지는 몇 분이나 걸렸다. 마침내 아픔이 사라지자 부드럽게 웃는 소리가 들렸다. 머리를 들어 보니 카니쉬가 방향타에 기대서 있는 모습이 보였다. 지금까지의 모든 상황을 지켜보고 있었던 것이다.

"다음엔 먼저 물어봐."

카니쉬가 껄껄 웃었다. 그러고는 몸을 돌려 배가 맞게 가는지 확인한 뒤 다시 나를 봤다.

"너도 뭐가 문제인지 알 거야. 넌 노력을 너무 많이 해."

하지만 내가 보기에 제닌은 여전히 잠을 자고 있었다. 제닌이 나를 일부러 친 것 같지는 않았다.

나는 잠시 누워서 하늘을 봤다. 카니쉬가 뱃머리로 가자, 나는 다시 제닌 쪽으로 꿈틀거리며 다가갔다.

"제닌…."

"응?"

"깨어 있었어?"

"아니. 지금 깼어."

"제닌…."

"왜?"

"너, 외로울 때 있어?"

제닌이 내 쪽으로 몸을 돌리고는 눈을 떴다.

"가끔. 왜?"

"혼자가 아닐 때도 외로워?"

"가끔은."

"나도 그래."

우리는 한동안 말이 없었다. 그러다가 내가 먼저 침묵을 깼다.

"너, 지금 외로워?"

"약간."

"우리 서로 안고 있자. 그럼 외롭지 않을 거야. 그럴래?"

제닌이 숨을 크게 내쉬었다.

"그래, 크리스찬. 그럴 수도 있지."

"그럼 좋다는 거야?"

"응, 좋다는 거야."

나는 좀 더 가까이 다가가 제닌한테 팔을 둘렀고, 제닌은 내 손에 자기 손을 얹었다. 그런 뒤 우리는 함께 잠이 들었다.

하지만 오래가지는 못했다. 내가 깼을 때 제닌은 이미 가고 없었다.

거칠게 쿵쿵거리는 소리에 나는 잠에서 깼다. 번갈아 들리는 굉음 때문에 선체가 흔들리고 있었다. 배가 아래로 떨어지고 있다는 걸 확실히 느낄 수 있었다. 배가 부력을 잃고 빠른 속도로 곤두박질치고 있는 게 분명했다.

"어이! 거기!"

카니쉬의 커다란 발가락이 내 갈비뼈를 후볐다. 이것이 나를 부르는 카니쉬만의 방법이 되었나 보다. 나는 하품을 하면서 카니쉬를 올려다봤다.

"무슨 일이에요?"

카니쉬는 갈고리 장대를 들고 있었다.

"이거 들고 일해야지. 불청객이 찾아왔어."

비틀거리며 일어나 주변을 살피니 제닌은 방향타를 잡고 있었고, 칼라는 난간에 기대서 밑을 내려다보고 있었다. 칼라의 손에 들린 쇠지렛대는 선체에서 뭔가를 떼어내느라 바쁘게 움직이고 있었다.

"무슨 일인데요?"

난간으로 가서 아래를 내려다보니, 방금 한 질문에 대한 답이 눈앞에 있었다. 세상에서 가장 못생기고 불쾌하게 생긴 얼굴들이 나를 올려다보고 있었다. 꼭 현미경으로 본 빈대 혹은 머릿니의 거대 버전 같았다.

얼굴이 흐물흐물하고 턱이 축 늘어진 게 마치 유충 같기도 했다. 또 주둥이는 뾰족하니 해머 드릴처럼 생겼고, 위에는 두 쌍의 더듬이와 공허하게 반짝이는 눈이 있었다. 그리고 몸통에는 필요 이상으로 팔과 다리가 많고 피부에는 빳빳한 털들이 삐쭉빼쭉 나 있었다.

"저게 뭐예요? 일종의 스카이라이더인가요? 여태까지 저렇게 생긴 건 처음 봤어요."

"아니, 저건 하늘이야." 카니쉬가 말했다.

"어디서 온 거예요?"

"누군들 알겠어? 하늘고래 등에서 떨어졌나 보지."

하늘고래한테 이가 있다는 얘기를 들으니, 새삼 나한테 손이 있다는 게 감사하게 여겨졌다. 손이 있어서 스스로 긁을 수 있다는 것은 특권 중에서도 아주 큰 특권이다. 하늘이가 피부에 척하니 들러붙은 하늘고래의 경우, 텅 빈 하늘을 떠다니며 몸을 문지를 곳을 발견하거나 친절한 청소고기가 이를 떼어주기 전까지는 고문도 그런 고문이 또 없을 것이다.

하늘고래는 병이 들어 죽으면 태양으로 추락한다. 하지만 때로는 스스로 자신의 불행을 끝내기 위해 태양 속으로 뛰어들기도 한다.

"저 하늘이는 날개도 있네요!"

반투명의 날개는 족히 1미터는 될 정도로 컸다. 만일 우리한테 달라붙어서 저 주둥이를 몸에 꽂거나 이빨이 잔뜩 난 흉측한 얼굴을 들이대기라도 한다면….

"어서 떼어내! 저것들은 물을 노리고 있어."

놈들은 마치 끌처럼 생긴 주둥이로 선체와 탱크에 구멍을 내려 하고 있었다.

"어떻게 떼어내요?"

"이렇게 하면 돼."

카니쉬가 갈고리 장대를 꽉 쥐고 하늘이와 선체 사이에 꽂은 다음, 비틀어서 이를 떼어냈다. 그러면 이는 조금 떨어져 나갔다가 다시 날개를 펼쳐서 배로 달라붙었다.

"이 방법이 안 통하면…."

카니쉬가 이번에는 갈고리 장대를 들어서 하늘이의 목을 노렸다. 떼어내는 게 아니라 찌르는 것이었다. 뾰족한 장대의 끝이 목에 꽂히면 녀석의 힘이 약해지면서 몸을 바르르 떨고는 미끄러져 나갔다. 그리고 다시 돌아오지 못했다.

나는 신중하게 밑을 내려다보면서 어떤 녀석부터 해치워야 할지 골랐다.

갈고리 장대를 들이미니 하늘이가 나를 올려다보며 더듬이로 장대를 쳤다. 나는 장대를 이의 몸통 밑에 꽂아서 떼어내려 했지만, 녀석은 마치 풀로 붙여놓은 듯 배에 딱 달라붙어 있었다.

"장난치지 마! 어서 떼어내란 말이야!" 카니쉬가 소리쳤다.

나는 지렛대의 원리로 밀어 넣은 장대를 들어 올렸다. 이번에는 있는 힘을 다해 제대로 밀어냈다.

생긴 것만큼이나 역겨운 비명 소리가 들렸다. 녀석이 나를 비난하기라도 하듯 쳐다봤다. 더듬이가 격렬하게 움직였고, 선체에 붙어 있기 위해 다리로 선체를 필사적으로 긁어댔다. 하지만 결국 나가떨어지고 말았다.

우리는 두 시간 동안 힘겹게 하늘이를 모두 제거했다. 이가 붙어 있던 자리는 노란색 핏자국이 남았고 점액질 때문에 끈적끈적했다. 배 안에 꽤 오랫동안 썩은 내가 진동했다.

나는 물을 조금 퍼서 손을 씻었다. 손가락에 묻은 노란색 점액질을 꼼꼼히 씻고 있는데, 카니쉬가 와서 내 등을 쳤다.

"운동 한번 제대로 했네! 잘했어!"

카니쉬에겐 운동의 개념일 수 있겠지만, 나에겐 아니었다.

"따개비는 더 심해." 카니쉬가 덧붙였다.

나는 따개비가 왜 더 심하다는 건지 알 수가 없었다.

"등에 달라붙으면 환장하지!"

카니쉬가 따개비를 때려잡던 즐거운 추억을 회상하며 껄껄거렸다. 그래도 전보다는 나를 싫어하지 않는 눈치였다.

잠시 후, 카니쉬가 돛대에 표식을 새기고 있는 게 보였다. 표식은 이미 많이 새겨져 있었다. 막대 표식은 다섯 개씩 여러 묶음으로 나뉘어 있었다. 네 개의 막대 표시는 일자로 되어 있고, 마지막 다섯 번째는 대각선으로 그어져 있었다. 나는 제닌한테 저것들이 뭘 의미하는지 물었다.

"카니쉬가 죽인 것들."

"뭘 죽여?"

"하늘이랑 다른 것들."

"뭐든지 죽인 후에 저렇게 표시를 해?"

"거의."

알고 보니 배 안 곳곳에 그런 표식들이 더 있었다. 그게 다 뭘 죽이고 표시한 건지 궁금했지만 굳이 묻지는 않았다. 어쩌면 주로 따개비일지도 모른다. 만일 그렇다면, 꽤나 놀라운 양이다. 따개비 중에는 남자의 상체만큼 큰 것도 있는데, 그런 것들은 사람의 갈비뼈를 으스러트릴 수도 있다고 한다.

"몇 마리나 죽였어?" 제닌이 물었다.

"15마리… 아니면 20마리? 떼어낸 건 더 많아."

"나쁘지 않은데? 우리가 널 진정한 구름사냥꾼으로 만들어줄게."

제닌이 진심으로 한 말은 아닐 수도 있겠지만, 어쨌든 제닌의 말은 옳았다.

19

다시 일상으로

나는 여정의 막바지에 이를 때까지 숙제에 대해 까맣게 잊고 있었다. 제닌과 나는 갑판에 앉아서 우리 섬이 가까워지는 걸 보며 서둘러 문제를 풀고 숙제를 했다. 정박하기 5분 전에야 간신히 숙제를 다 마칠 수 있었다.

항구에 정박하자마자 카니쉬가 물 판매상을 찾아서 배로 데려 왔다. 그동안 제닌과 나는 배 안을 청소하고 갑판을 정리했다.

물 판매상은 다리가 짧고 통통한 사람이었다. 그는 카니쉬를 따라 걷느라 숨을 헐떡이면서 칼라한테 목 인사를 하고는 자리에 앉았다. 그사이 카니쉬가 탱크에서 물을 한 병 받아 왔다.

칼라가 물을 따라 판매상한테 한 잔 권했다. 그는 물을 받아 들고 냄새를 맡더니 조심스럽게 한 모금 들이켠 뒤 입 안에서 물을 굴려 음미했다.

"음… 어디 보자…." 남자가 입을 뗐다.

"어때요? 얼마나 줄 수 있죠?" 칼라가 물었다.

"이 정도 품질의 물은 저에겐 별로 쓸모가 없어요. 하지만 사드릴 수는 있을 것 같네요. 산다는 사람이 있을 수도 있으니까. 씻는 용도로는 괜찮을 것 같아요. 아니면 목욕이나 식물에 물을 주는 용도로."

카니쉬가 남자를 노려봤다. 그도 이 물이 최상급이라는 걸 잘 알 터였다. 하지만 가격을 내리려고 꼼수를 쓰는 것이었다.

"마음에 들지 않으면 가쇼! 다른 사람한테 팔면 되니까."

카니쉬가 남자의 코앞에 대고 손가락을 딱 하고 튕겼다. 하지만 남자는 눈도 깜빡하지 않았다. 그는 치열한 흥정에 도가 튼 사람이었다. 그에게 흥정은 즐거움이었다.

"카니쉬!" 칼라가 참으라는 의미로 카니쉬를 불렀다.

카니쉬가 둘만 남겨두고 자리를 떠난 뒤, 흥정이 이어졌다. 판매상이 다시 한 번 물맛을 봤다. 이제 흥정은 가격 책정 단계에 이르렀다. 둘은 악수를 나눴고, 남자는 배를 떠났다.

잠시 후 남자가 일꾼들과 함께 바퀴가 달린 커다란 통을 가지고 돌아왔다. 그들은 그 커다란 통을 배의 탱크에 연결해서 물을 빼 갔다. 남자는 돈을 지불했고, 카니쉬는 두 번이나 돈을 세어 액수를 확인했다.

이제 나도 떠날 시간이 되었다. 나는 항상 배워온 대로 구름사냥에 데리고 가줘서 고맙다는 감사의 인사를 모두에게 전했다.

"천만에, 크리스찬." 칼라가 말했다.

"내일 보자, 제닌."

"그래. 너한테 즐거운 시간이었길." 제닌이 답했다.

"정말 즐거웠어."

"그럼 이걸로 호의는 갚은 거다. 내일 봐."

나는 카니쉬에게도 고개를 끄덕였다. 카니쉬도 약간 끄덕였다. 어쩌면 끄덕인 게 아니라 단지 배가 움직여서 그렇게 보인 건지도 모르겠다. 나는 마지막으로 손을 흔든 뒤 한쪽 어깨에는 침낭을, 다른 쪽에는 배낭을 짊어지고 집으로 향했다.

나는 익숙한 풍경 속으로 걸어갔고, 너무도 잘 아는 건물들과 사람들을 지나쳤다. 곧 집이 보였다. 엄마는 조그만 정원을 가꾸고 있었다. 손에 든 물통의 주둥이에서 물이 쫄쫄쫄 흘러나왔다. 아빠는 앉아서 신문을 보고 있었다.

그런데 왠지 내가 이 집에 어울리지 않는 것 같은 기분이 들었다. 나는 엄마와 아빠가 간 적도, 본 적도 없는 곳에 다녀왔다. 아마 이렇게 시작되는 것인가 보다. 우리는 자라면서 오랫동안 익숙해진 것들로부터 차츰 스스로를 분리시킨다.

"아들, 즐거운 시간 보내고 왔니? 주말 동안 재밌었어?"

나는 엄마한테 정말 재미있었고 굉장히 교육적이었다고 말했다. 특히 교육적이었다는 부분을 강조했다.

"그리고 숙제도 다 했겠지?"

"물론이죠."

"잘했네."

나는 엄마와 아빠한테 여행하는 동안 아주 큰 결심을 하게 됐다고 말하고 싶었다. 내가 무슨 일을 하고 싶은지, 그리고 어떤 사람이 되고 싶은지에 대해 말이다.

나는 나중에 커서 구름사냥꾼이 되어 집을 떠나고 싶다….

하지만 이 말은 내가 들어도 유치할 것 같았다. '나중에 커서'라는 부분 때문에.

그래서 나는 아무 말도 하지 않았다. 그리고 한동안은 이 얘기를 하지 않기로 했다. 이 얘기를 듣고 당혹스러움과 실망감으로 가득 찰 엄마의 얼굴과, 쓴웃음을 지으면서도 관대한 말투로 "좀 시간을 줘봐. 곧 철이 들 테니까." 하고 말할 아빠의 모습이 머릿속에 그려졌다. 아빠는 세상의 이치를 다 안다는 듯, 나의 꿈 같은 건 누구나 크면서 겪는 한때의 소동으로 치부할 것이다.

나는 나의 꿈을 가슴에 품고 천천히 그것을 이뤄나갈 것이다. 그리고 어느 날 훌쩍 떠나버릴 것이다. 넓디넓은 푸른 하늘로 배를 타고 나가 잿빛과 흰색의 구름들을 찾으러 다닐 것이다.

6주 후면 학기가 끝나고 긴 방학이 시작된다. 하지만 방학 전까지 남은 시간이 그 어떤 방학보다도 길게 느껴졌다. 나에겐 원대한 계획이 있었고, 이 영겁처럼 느껴지는 시간이 나의 계획을 방해하고 있었다. 시간은 그 누구도 넘어갈 수 없는 장애물이고, 아무도 오를 수 없는 장벽이다. 아직까지 시간을 빨리 가게 만드는 방법을 개발한 사람은 없다.

나는 다시 한 번 제닌과 칼라, 그리고 무언가를 죽일 때마다 팔이나 배 곳곳에 다섯 개의 막대 표시를 하는 카니쉬와 함께 떠나고 싶었다. 이번에는 며칠이 아니라 조금 더 길게, 중심 기류의 저편에 있는 반대자들의 제도, 금단의 제도, 그리고 그 너머까지 황홀한 여정을 떠나보고 싶었다.

그런데 그들도 과연 나를 원할까? 아니, 원하는 것까지는 바라지도 않고 과연 나를 받아주려고 할까? 그리고 만일 나를 받아준다 해도 부모님은 어쩌지? 우리 가족은 보통 호화로운 크루즈를 타고 2주간 휴가를 떠난다. 만일 내가 크루즈 여행 대신에 품위 없는 구름사냥꾼들과 함께 시간을 보내겠다고 말한다면, 엄마는 당황해서 상처 받은 표정을 지을 게 분명했다.

나는 엄마, 아빠한테 우선 작은 힌트들을 넌지시 던졌다. "이젠 다 컸고", "올해는 좀 다른 걸 친구들이랑 해보고 싶은데", "혼자 떠나면" 같은 말들을 중얼거렸다.

엄마는 내가 힌트를 흘릴 때마다 그 뜻을 알아차리기를 완강히 거부했다. 나 혼자서 뭘 해보고 싶다는 생각을 밝히면 엄마는 가족끼리 함께 있는 게 얼마나 즐거운 일이냐며 맞대응했다. 그리고 아빠는 가정 내 소란으로부터 거리를 두려는 듯 언덕 위에서 싸움을 구경하는 사람처럼 그 모습을 지켜보기만 했다.

그래도 왠지 아빠는 내 편일 거라는 생각이 들었다. 단지 엄마 눈치를 보느라 대놓고 내 편을 들지 못하는 것이다. 엄마가 "그렇지 않아?" 하고 물으면 아빠는 짧게 "그래." 혹은 "아니." 하고 추임새만 덧붙였다. 그러면 엄마는 더 화가 뻗쳐서 다시 나한테 화를 퍼부었다.

하지만 엄마와 나의 공통점이 하나 있다면, 그것은 바로 결단력과 집념이다. 만약 구름사냥꾼들이 나를 받아준다면 나는 다시 그들과 떠날 것이다. 그저 '다녀올게요'라는 메모만 부엌 식탁 위에 남겨두고 한밤중에 몰래 떠날 것이다.

물론 그들이 나를 받아준다면 말이다.

주말 항해를 다녀온 이후, 제닌이 나한테 예전보다 더 친하게 굴었다고는 말할 수 없다. 적어도 다른 사람들이 있는 곳에서는 그렇지 않았다. 그래도 우리 둘만 있게 된다면, 조금은 다정하게 대하지 않을까?

가끔 거울 속의 나를 들여다보면서, 광대뼈부터 턱까지 길게 흉터가 난 얼굴 그리고 문신과 팔찌가 가득한 팔을 상상해봤다.

내가 그런 모습으로 집에 돌아왔을 때 기겁할 엄마의 모습이 머릿속에 그려졌다. 세상에! 크리스찬! 너, 무슨 짓을 한 거니! 엄마가 뒷목 잡고 쓰러지면서 그 뒤로 가구가 넘어가는 소리까지도 생생하게 들리는 것 같았다. 그때는 진짜 구름사냥꾼이 되는 수밖에 없다. 그것 말고는 달리 할 수 있는 게 없을 것이다.

어떤 사람들은 우리의 운명이 얼굴이나 손금에 새겨져 있다고 믿는다. 그 누구보다도 구름사냥꾼에게 딱 맞는 말이다. 구름사냥꾼의 흉터에는 그들의 미래가 책처럼 아주 자세히 적혀 있다.

나는 얼굴에 그런 흉터를 지닌 채 구름사냥이 아닌 다른 일을 하는 사람을 딱 한 번 본 적이 있다. 그 사람은 바로 아빠 사무실의 여자 직원이었다. 어떤 이유로 그 사람이 사냥을 그만둔 건지는 모른다. 어쨌든 그 직원은 사무실 구석에 앉아서 청구서와 화물 목록을 작성했다. 마치 야생의 하늘고기가 덫에 걸려 더 이상 하늘을 헤엄쳐 다니지 못하고 감금된 것처럼 보였다.

그 직원은 어느 날, 느닷없이 떠나버렸다. 그녀는 정착민과 결혼했고, 둘이서 구입한 메마른 섬으로 가서 살았다. 땅값은 저렴하지만 살아가기가 만만치 않은 곳이었다. 하지만 뭐, 거기엔 그녀의 흉터를 뚫어져라 쳐다보는 사람이 없을 테니까.

사람들에겐 저마다 자기 땅이라고 부를 수 있는 곳이 있다. 하지만 여전히 갈 곳이 없는 소외된 사람들이 있는데, 구름사냥꾼이 바로 그들 중 하나다. 구름사냥꾼에겐 배가 있지만, 단단하게 마른 육지 위에 그들이 집이라고 부를 수 있는 곳은 그 어디에도 없다. 구름사냥꾼의 것이라고 말할 수 있는 것은 오직 하늘뿐이다. 하지만 그 하늘이란 것 역시 그저 텅 빈 공기일 뿐이다. 어느 누가 하늘을 소유한다고 할 수 있을까? 아무도 하늘을 소유할 수는 없다. 오히려 그 반대다. 하늘이 우리 모두를 소유하는 것이다. 우리는 하늘의 국민일 뿐이고, 하늘이 곧 왕국이다.

20

양면작전

학기가 끝날 때까지 3주 정도 남은 어느 날, 하늘에서 하늘고기가 내렸다.

엄청난 양의 하늘고기 떼가 지나갔고, 그 뒤로 하늘상어와 스카이핀 같은 포식자와 기회주의자도 빠지지 않고 나타났다. 죽은 고기와 과로로 죽어가는 고기가 하루 종일 하늘에서 떨어졌다. 집 밖으로 나갈 때 빈 냄비를 바깥에 놔두고 집으로 돌아오면 냄비가 고기로 가득 차 있을 정도였다.

하늘고기 '침공'은 종종 있는 일이다. 하늘고기라고 무조건 먹을 수 있는 것은 아니다. 병에 걸렸거나 혹은 며칠을 쉬지 않고 헤엄치느라 지쳐서 살이 쪽 빠진 고기는 먹지 못한다. 그런 고기들은 썩기 전에 모아서 처분해야 한다. 그러지 않으면 부패해서 끔찍한 냄새가 진동하니까.

학교에서 돌아온 나는 고기를 줍는 걸 돕기 위해 정원으로 나갔다. 고기들은 찐득찐득했고 차가웠다. 눈동자는 멍했고 날개는 접혀 있었다. 날개를 펼쳐보면 기다란 지느러미처럼 생겼는데, 반투명에 무지갯빛으로 반짝였다.

한번은 하늘에서 피가 내린다고 착각했던 적이 있다. 마당에서 공차기를 하고 있었는데 손등에 물방울이 떨어지는 게 느껴졌다. 그래서 위를 올려다보니 하늘은 구름 한 점 없이 맑았다.

손등에 떨어진 물방울을 보니 붉은색이었다. 내 주위로 더 많은 물방울이 떨어지기 시작했다. 다시 위를 올려다보니 하늘 높은 곳에서 하늘상어 두 마리가 죽어라 싸우고 있는 게 보였다. 녀석들은 그 뒤로도 몇 시간 동안이나 뒤엉켜서 엎치락뒤치락했다.

이튿날 아침, 두 마리 중 한 마리의 사체가 정원에 떨어져 있었다. 엄마가 시청에 연락했고, 사람들이 와서 상어를 치웠다.

배고픈 하늘상어가 길거리에 있는 아이나 유모차 속 아기를 낚아채 간다는 소문이 있었다. 하지만 실제로 이런 일을 겪은 사람은 없었다. 결국 겁을 주기 위한 얘기일 뿐이었다.

몇 주 동안 나는 양쪽의 문제를 해결해야 했다. 양쪽을 오가며 걸려들 수밖에 없는 뻔한 힌트를 지속적으로 투척해댔다.

나는 몇 번이나 제닌한테 길고 긴 방학 동안 뭘 할 거냐고 물어봤다. 제닌이 엄마, 카니쉬와 함께 반대자들의 제도로 물을 갖다주리라는 걸 뻔히 알면서도 말이다. 하지만 제닌은 그저 웃기만 할 뿐이었다. 마치 내 속셈을 뻔히 꿰뚫고 있다는 듯이.

한편 집에 가서는 꾸준히 '올해는 뭔가 새로운 것'을 해보고 싶다는 말을 흘렸다. 가족 여행도 좋지만 어린애들과 어른들만 있는 크루즈에는 내 또래 아이가 할 게 별로 없다고 불평하면서.

나는 사포를 문지르듯 엄마를 계속해서 밀어붙였다. 엄마는 내 설득에 면역이 되어버린 듯했지만, 아빠는 내 말에 공감하며 이렇게 말했다. "그래, 크리스찬이 가서 즐겁지 않다면… 크리스찬은 또래 친구들이랑 있는 게 더…."

그렇게 몇 주 동안 노력한 끝에, 나는 어느 날 학교를 마치고 집에 와서 '방학 동안 몇 주 초대'를 받았다고 말할 수 있었다.

제닌과 칼라는 이미 내가 함께 가는 것에 찬성했고, 결국 엄마와 아빠도 허락했다. 다만 아빠는 우리의 최종 목적지인 반대자들의 제도보다 거기까지 가는 경로에 대해 더 걱정했다. 아빠는 제닌의 엄마와 얘기를 나눴고, 칼라는 위험이나 말썽거리는 최대한 피할 거라며 아빠를 안심시켰다.

내가 또다시 그들과 함께 가게 된 건 결국 제닌이 나를 원했기 때문이라고 생각하니 기분이 좋았다. 만약 제닌이 칼라한테 나랑 같이 가기 싫다고 했다면 이런 일은 불가능할 것이다. 물론 나만의 상상일 수도 있겠지만, 뭐 상상은 자유니까.

내가 하루하루 날짜를 세어가며 어서 학기가 끝나기만을 바라는 동안, 칼라와 카니쉬의 배는 언제나 그렇듯 항구를 떠났다가 돌아오기를 되풀이했다. 가끔 빈 탱크로 돌아오기도 했지만, 대개는 배가 정박하면 물 판매상이 곧장 배를 향해 걸어가는 모습을 볼 수 있었다.

몇 달에 한 번씩 우리는 연합 제도의 거대한 물함대가 지나는 광경을 볼 수 있었다. 수백만 평방킬로미터에 달하는 땅을 갖고 있는 연합 제도는 굉장히 부유하며 막강한 힘을 지니고 있다. 우리 섬은 연합 제도에 속해 있지 않은 독립된 섬으로, 소브린(왕 또는 금화를 의미한다:옮긴이) 섬이라고 불린다. 그렇다고 우리 섬에 왕이 있는 것은 아니고, 단지 섬이 금화처럼 납작하게 생겼기 때문이다. 또 멀리서 보면 사람의 옆모습처럼 생기기도 했다.

연합 제도는 구름사냥꾼들에게서 물을 살 일이 없다. 그들의 물함대는 광범위한 지역에서 활동하며, 막대한 숫자의 하늘배를 보유하고 있다. 그들의 하늘배는 길고 납작하며 엄청난 물 저장 능력을 자랑한다. 수확한 물을 자체적으로만 소비하고, 판매하는 일은 거의 없다.

또 어쩌다 한 번씩 방랑 상인들의 카라반이 우리 섬을 지날 때도 있었다. 길게 늘어선 그들의 하늘배는 바람과 햇살을 받아 이동한다. 아니면 재갈 물린 하늘상어를 말처럼 부려서 이동하기도 한다.

마침내 영원할 것 같던 학기가 끝났다. 신비한 반대자들의 제도로의 긴 여정이 곧 시작될 예정이었다.

21

두 번째 출항

우리는 아침에 출발했다.

엄마와 아빠는 작별 인사를 하기 위해 일찍부터 일어나 있었고, 우리는 아직 잠이 깨지 않아 흐리멍덩한 상태로 눈을 반쯤 감은 채 아침 식사를 했다.

아빠가 부둣가까지 데려다주겠다고 했지만 나는 그냥 걸어가겠다고 했다. 나는 엄마와 아빠한테 다정하게 인사하고, 용돈과 응급 상황을 위한 비상금으로 주신 돈을 감사히 받았다. 그런 뒤 소지품을 챙겨 들고 집을 나섰다.

길을 걷다 돌아보니 엄마와 아빠는 여전히 문 앞에 서서 손을 흔들고 있었다. 어째서인지 부모님이 갑자기 약하고 늙어 보였다. 아마 잠옷 차림이라서 그렇게 보이는지도 모른다. 원래 사람들은 아침에 나이가 더 들어 보이고 지쳐 보이나 보다. 느닷없이 부모님이 보고 싶을지도 모르겠다는 생각이 들었다. 집을 채 떠나기도 전에 향수병에 사로잡힌 것 같았다.

"몇 주 후에나 보겠구나, 크리스찬!"

"재밌게 보내!"

"그리고… 늘 조심하고."

왜 부모님들은 늘 조심하라는 말을 강조하는 걸까? 우리가 죽거나 병원 신세를 지고 싶어서 일부러 무모한 짓을 벌일 거라고 생각하는 걸까? 다치고 싶어 안달이 나서 그럴 거라고 생각하는 걸까?

"조심해, 크리스찬. 잊지 마!"

"그럴게요, 엄마!" 나는 다시 한 번 외쳤다. "그럴게요!"

"안 그럴게요!" 하고 말할 수는 없는 노릇이니까.

이른 시간인데도 부둣가는 인파로 북적였다. 선원들과 어부들은 꽤 이른 시간에 일어난다. 두어 대의 트롤선이 출발 준비를 하고 있었고, 선원들은 그물망을 확인하고 있었다. 그리고 아빠네 회사 소유의 컨테이너선 한 대가 연안을 맴돌며 정박하기 위해 기다리고 있었다. 배 위에는 직사각형 컨테이너들이 벽돌처럼 얌전히 쌓여 있었다.

제닌이 내가 오는 걸 보고 인사했다. 칼라도 손을 흔들었다. 작업 중이던 카니쉬는 고개 들어 나를 보더니 조금은 친근하게 얼굴을 찡긋했다. 긴 여행을 위한 준비가 다 되어가는지 뱃전에는 물품들이 가득했다.

나는 칼라와 카니쉬가 외딴 정착지를 빙 돌아서 반대자들의 제도에 갈 거라고 예상했다. 그 길은 물론 최단 거리가 아니지만, 금단의 제도에서 최악의 섬을 피할 수 있기 때문이다.

금단의 제도에는 내가 말한 것보다 훨씬 많은 섬이 있다. 거기서는 매달 새로운 다툼이 일어나고, 분리파는 아무도 살지 않는 섬으로 이주해 간다. 그곳에는 자신의 삶을 최고로 힘겹고 불행하게 만들지 않고서는 못 배기는 사람들이 있는 것 같다.

이 세계에는 금단의 제도 말고도 위험한 섬들이 있다. 그런데 그 섬들이 위험한 건 아름다움 때문이지, 섬에 사는 사람들 때문이 아니다. 매혹의 제도가 바로 그런 섬들 중 하나다. 이 제도의 하늘가에서는 달콤한 향기가 뿜어져 나와 사람들을 취하게 만들고 섬으로 유인한다. 하지만 사실 이 향기는 바위를 덮고 있는 독이끼에서 나오는 것으로, 향기를 맡은 선원들은 제자리에 가만 있으라는 명령을 무시한 채 배를 버리고 하늘수영을 해서 향기로 가득한 하늘가로 가버린다고 한다. 이렇게 섬에 발을 들인 선원들은 몇 분 만에 목숨을 잃게 된다. 몸이 독이끼로 뒤덮이다 못해 파묻혀서, 결국에는 인간 방향제가 되어버리는 것이다.

반대자들의 제도로 가는 길은 5일에서 7일 정도 걸린다. 거기에 구름을 찾아 물을 채우고 내리려면 4일 정도가 더 필요하다. 일반적으로 구름사냥선은 탱크에 물을 가득 채우면 반대자들의 제도에 가서 물을 팔고는 물을 채우러 떠났다가 다시 돌아가는 과정을 몇 번씩 반복한다.

그런데 이때만 해도 나는 이번 여정의 목적이 구름사냥과 물 수확이 아니라는 걸 알지 못했다. 그건 여정의 일부였을 뿐이다. 이 여정의 진짜 목적은 내가 상상할 수 있는 것 이상이었다. 구출, 복수와 살인, 심지어 죽을 가능성 또한 내재되어 있었다.

그들이 나를 데려가기로 한 건 단순히 일꾼이나 말동무가 필요해서가 아니라, 문제가 발생했을 경우 머릿수가 셋보다는 넷이 낫기 때문이었다. 하지만 출발하는 날 아침, 나를 포함해 구경꾼들과 부둣가에 배웅하러 온 사람들은 이런 사실에 대해 전혀 알지 못했다.

그들은 출발하기 전, 나한테 미리 사실을 털어놨어야 했다. 하지만 나는 그들을 탓하지 않는다. 그때도, 지금도 말이다. 그들의 얘기를 듣고 나면, 그들을 절대 탓할 수 없을 것이다.

우리는 금단의 제도에서 최악의 섬을 멀리 피해 가는 게 아니라 정확히 그곳을 향해 가는 중이었다. 바로 큐난트 섬이었다. 이 섬에서는 모든 위법 행위를 엄격하고 끔찍한 처벌로 다스리는데, 의도하지 않아도 저절로 섬의 법을 어길 가능성이 아주 높다.

이런 사실을 전혀 모르는 나는 마냥 행복하기만 했다. 우리 배는 매어둔 밧줄을 풀자 순풍을 맞으며 햇살 속으로 나아갔다. 우리한테 손을 흔들어줬던 사람들은 점점 머나먼 수평선에 있는 작은 점들로 변해갔다. 하지만 여기에 진짜 수평선이란 없다. 그저 막연히 멀고 흐릿한 하늘과 지글거리는 열기만 있을 뿐이다.

우리 섬도 곧 점처럼 변해갔다. 우리는 끝없이 펼쳐진 광활한 하늘 속으로 빨려 들어갔다. 시작도 끝도 없는 환상 속에서 우리는 구름 그 자체가 된 기분이었다. 정의할 수도 없고 실체도 없는 수증기와 숨결 같은 우아한 구름 말이다.

오직 하늘밖에 보이지 않았다. 대답 없는 하늘. 아름답고 끝없는 하늘. 바람이 돛에 닿고 밧줄에 부딪치며 만들어내는 음악 소리가 들렸다. 그리고, 제닌이 내 옆에 서 있었다.

나는 마치 이전의 삶은 뒤로하고 새로운 삶이 막 시작되는 것 같은 기분이 들었다.

22

하늘꽃밭

처음 며칠은 별일 없이 느리게 흘러갔다. 배 안에서 할 일은 별로 없었다. 그래서 작고 별거 아닌 일에 심혈을 기울였다. 아무것도 안 하는 것도 일종의 기술이다. 이 기술을 완벽하게 익히기 위해서는 아주 많은 시간이 필요하다.

대부분의 시간 동안 카니쉬는 갑판에서 빈둥거리며 햇볕을 쬐었다. 가끔 낚싯줄을 뱃전 너머로 던져서 하늘고기를 낚기도 했다. 식사를 마치고 나면 카니쉬는 그릇을 모아서 내 앞으로 밀었다. 그나마 내가 도움이 될 수 있는 게 이것뿐이니, 이거라도 열심히 하라는 의미였다.

설거지를 마치면 시간을 보내기 위해 이런저런 소일거리를 했다. 자잘한 보수 작업, 배 안 정돈, 페인트 덧칠하기 등등.

나와 제닌은 책을 몇 권 들고 왔다. 우리는 함께 책을 보며 서로 책 내용에 관한 퀴즈를 냈다. 나는 제닌이 쓰는 말을 몇 마디

배워보려 했지만, 상당히 어렵고 후두음이 많아서 발음하기도 힘들었다.

"도착할 때까지 얼마나 걸려요?"

어느 무덥고 지루한 오후, 나는 카니쉬한테 물었다. 하지만 카니쉬는 나를 쳐다보기만 했다. 어딜 도착하는데? 거기가 어디지? 거기란 없어. 몰랐어? 이렇게 말하는 듯했다.

카니쉬에겐 거기가 여기고 여기가 거기인 듯했다. 카니쉬가 원하는 것은 하늘로 나오는 것뿐이다. 하늘에만 있다면 그게 어디건 카니쉬에겐 문제가 되지 않는 것이다.

"하루 아니면 그 이상." 칼라가 카니쉬 대신 대답했다. "구름에 따라 달라져. 우린 우선 탱크를 채워야 하거든. 탱크를 채운 다음엔 물을 팔러 반대자들의 제도로 갈 거야. 그런 다음에…."

칼라가 말끝을 흐리더니, 거대한 바위보다 조금 큰 섬에 앉아 있는 하늘코끼리 쪽으로 눈을 돌렸다. 긴 뻐드렁니와 축 처진 수염을 가진 하늘코끼리는 울적한 표정을 짓고 있었는데, 오랫동안 아무것도 먹지 못한 것처럼 보였다.

그것을 본 제닌이 카니쉬가 잡은 하늘고기 중에 남은 것을 집어서 그쪽으로 던졌다. 자리에서 일어나 고기를 낚아챈 하늘코끼리는 다시 앉아서 그것을 씹어 먹었다. 하지만 고기를 먹은 후에도 그다지 행복해 보이진 않았다. 고기를 먹기 전과 똑같이 울적해 보였다.

"감사 인사는 됐어!" 제닌이 소리쳤다.

대답 대신 하늘코끼리가 크게 트림을 내뱉었고, 푹 삭은 생선의 악취가 여기까지 풍겨 왔다.

"토 나올 것 같아!"

나는 냄새를 쫓아버리기 위해 손으로 부채질을 했다.

"고기 말고는 먹을 게 별로 없어서 그래." 제닌이 말했다.

그 말은 사실이다. 하지만 그렇다고 그 역겨운 냄새가 아무렇지 않게 되는 건 아니다.

"박하사탕이라도 줘야겠네."

내 말에 제닌이 웃었다. 시간이 갈수록 나는 제닌을 더 많이 웃게 했다.

그날 늦게 우리는 하늘에 펼쳐진 채 떠다니는 초목지인 하늘꽃밭을 만났다. 이 가벼운 야생식물들은 바람을 이용해 자란다. 눈부신 노란색과 초록색이 파도처럼 물결쳤고, 한 무리의 하늘고기가 꽃밭의 풀을 먹고 있었다. 꽃들은 겨자 또는 갓 같은 맛이 난다고 하는데, 나는 한 번도 먹어본 적이 없었다. 사람들은 이것을 귀한 진미 중 하나로 여긴다.

배는 하늘꽃밭을 관통해 지나갔다. 꽃을 따서 먹어보니 깔끔하고 상쾌한 맛이 났고 후추 향도 약간 났다. 그리고 이가 노랗게 물들었다. 제닌이 나를 보더니 웃으면서 광대 같다고 했다. 하지만 제닌의 이도 노랗긴 마찬가지였다. 그 때문에 제닌이 더 이국적인 사람처럼 보였다.

"그래서 우린 어떻게 가는 거예요?" 그날 저녁 나는 칼라한테 물었다. "어떤 길을 타고 반대자들의 제도로 가요?"

우리는 학교에서 지리와 항해법에 대해 배웠다. 독립적으로 이동하고 싶으면 하늘지도를 볼 줄 알아야 하기 때문이다.

카니쉬가 내 질문에 고개를 들더니 칼라와 눈빛을 교환했다.

"정확히 어떤 경로로 갈지는 차차 정할 거야. 우선 구름부터 찾은 뒤에." 칼라가 말했다.

하지만 나는 내 지식을 뽐내고 싶었다.

"우리가 갈 수 있는 경로는 두 개뿐이잖아요. 중심 기류를 따라 외딴 정착지를 빙 돌아가는 무역로와 어둠의 제도를 지나는 빠른 길, 이렇게요. 그런데 어둠의 제도를 지나는 길은 무장한 호위대 없인 일반 배들이 지나기에 너무 위험하니까 중심 기류로 가야겠네요. 어둠의 제도는 해적, 밀수범, 도주 중인 범죄자나 뭔가 꿍꿍이가 있는 사람들이 다니는 길이니까요. 그렇죠?"

아무도 내 말에 대꾸하지 않았다. 그러다 마침내 나뭇조각에 뭔가를 새기고 있던 카니쉬가 고개를 들고 짧게 답했다.

"또는 구름사냥꾼들."

나는 카니쉬의 말을 곧바로 이해하지 못했다.

"네?"

제닌이 카니쉬 대신 설명했다.

"구름사냥꾼 말이야. 네가 말한 사람들 중에 구름사냥꾼이 빠졌어. 구름사냥꾼도 어둠의 제도를 지나는 길로 이동하거든. '뭔가 꿍꿍이가 있는' 사람들처럼."

"아니, 내 말은 그게 아니라…."

그때 카니쉬의 칼이 휙 소리를 내며 카니쉬가 돛대에 새겨놓은 작은 과녁 중앙에 박혔다. 카니쉬가 만족스럽다는 듯 옅은 미소를 지어 보였다. 그러더니 똬리를 푸는 듯이 몸을 일으켜서 칼을 뽑기 위해 갑판을 성큼성큼 가로질러 갔다.

나는 이들이 뭔가를 회피하고 있다는 느낌을 받았다. 우리는 여전히 어느 경로로 갈지에 대해 정확히 얘기를 나누지 않았다.

"하지만 어둠의 제도로 가는 길은 위험하잖아요."

카니쉬가 돛대에서 칼을 뽑았다.

"일반적으로는 그렇지. 당연한 거 아니야?"

카니쉬는 위험하다는 말에 오히려 꽤나 즐거운 듯했다. 그러더니 칼의 각도를 조절해 내 눈에 햇살을 비추었다.

"그만해요!"

나는 손을 들어 눈을 가렸다.

"삼촌!" 제닌이 말했다. "그냥 놔둬요."

카니쉬가 껄껄거리며 웃더니 칼을 치웠다.

내가 보기에 이들은 이미 어둠의 제도를 지나기로 결정한 것 같았다. 엄마와 아빠가 이 사실을 알았다면 절대 나를 보내주지 않았을 것이다. 어둠의 제도를 지나는 경로는 반역자, 도둑, 하늘 강도 등 온갖 종류의 타락한 사람들이 들락날락하는 것으로 알려져 있다. 과거에는 일부 모험가들이 어둠의 제도를 탐험하기도

했다. 그들은 눈이 없는 거대한 민달팽이 같은 괴물이나 신기한 토착 식물에 대한 이야기보따리를 갖고 돌아왔다. 어떤 식물은 창백한 빛깔의 긴 덩굴을 가졌는데, 어둠 속을 떠다니면서 사람들에게 간청하는 손처럼 덩굴을 뻗친다고 한다. 한편, 영영 돌아오지 못한 여행자들도 있었다. 그들은 왜, 무엇 때문에 돌아오지 못한 것일까? 상상하는 것만으로도 악몽을 꿀지 모른다.

나는 제닌을 쳐다봤다. 제닌은 당황한 것처럼 보였다.

"어둠의 제도는 전에도 가본 적 있어."

제닌이 잠시 말을 멈췄다가 곧 말을 이었다.

"오래 걸리지 않고 일정도 며칠이나 앞당길 수 있어. 그렇게 위험한 곳은 아니야. 사람들이 과장해서 얘기하는 것뿐이야. 우린 한 번도 심각한 일을 겪어본 적이 없거든. 그나저나 너, 어둠이 무서운 건 아니지?"

"아니."

나는 어둠이 전혀 무섭지 않았다. 그 어둠 속에 살아 있는 것들이 무섭지.

"크리스찬, 정말 아무 일도 없을 거야. 이게 다 경험이 되는 거야. 네가 원한 게 그거잖아, 아니야?"

"맞아. 그건 그래."

제닌의 말은 일리가 있었다. 이건 그냥 경험일 뿐이다. 다만, 두 번 다시는 하고 싶지 않은 그런 경험.

23

제닌 아빠의 비밀

배를 타고 나온 지 사흘째 되는 날, 우리는 구름을 발견했다. 이번에는 심령술, 매의 눈, 주사위 던지기 없이도 구름을 찾을 수 있었다. 구름은 빠른 속도로 몰려와서 햇빛을 반이나 차단했다.

그날 아침, 우리는 밥도 먹지 않고 곧바로 작업에 돌입했다. 칼라는 방향타를 잡고 배를 조종했다. 제닌과 나는 카니쉬를 도와 압축기를 준비해놓고 서둘러 탱크와 호스에 새는 부분은 없는지 확인했다.

우리는 금세 안개에 갇혔다. 한참이 지나자 근방 어딘가에서 또 다른 압축기 소리가 들렸다. 하지만 그들의 모습은 전혀 보이지 않았다. 카니쉬도 이번에는 그들을 굳이 자극하지 않았다. 이번 구름은 모두가 나눠 갖기에 충분할 정도로 많았다. 다른 구름 사냥꾼들도 우리처럼 잿빛 어둠 속에 잿빛 유령처럼 왔다가 떠날 것이다.

탱크를 모두 채우기까지 몇 시간이 걸렸다. 물을 다 채웠을 때쯤 점차 추워지더니 어느새 몸이 푹 젖었다. 탱크가 넘칠 정도로 물이 가득 차서 배의 방향을 바꾸기도 버거워졌다.

칼라가 구름층에서 배를 돌려 맑고 따뜻한 하늘로 이동해 갔다. 곧 젖었던 몸이 말랐고, 우쭐한 기분이 들었다. 이제 탱크 가득 물이 있다. 우리가 팔 물이 생긴 것이다. 탱크 속의 물은 곧 통장 속 돈이나 마찬가지다.

"아침은 뭐예요?" 나는 카니쉬한테 물었다.

"오늘은 특별히 하늘고기로 할까?" 카니쉬가 말했다.

"좋아요."

"그럼 잡는 것 좀 도와."

카니쉬가 뱃전 너머로 낚싯줄을 두 개 던졌다. 낚시를 시작하자마자 납작한 하늘가오리가 미끄러지듯 우리 곁을 날아갔다. 가오리의 옆구리에 작게 베인 상처가 보였다. 상처에는 축축이 피가 맺혀 있었다. 몇 분 후 하늘상어가 나타나더니 느긋하게 가오리가 지나간 방향으로 날아갔다. 하늘가오리는 이미 죽은 목숨이나 다름없었다.

우리는 무거워진 배를 타고 느릿느릿 이동했다. 얼마 후, 눈앞에 어두운 그림자가 드리워졌다. 그 그림자는 주변의 모든 빛, 생명, 에너지를 빨아들일 듯이 보였다. 거대한 두 개의 육지가 위아래로 있고 그사이로 터널 같은 검은 공간이 길게 이어져 있었는데, 그것은 마치 삶을 잡아먹는 죽음처럼 느껴졌다.

나는 제닌을 따라 난간으로 갔다.

"저게 어둠의 제도야?"

"응. 그리고 저게 길이야."

"여기로 많이 항해해봤어?"

"몇 번."

나는 다음 말을 묻기가 조심스러웠다. 민감한 사항이라 자칫 제닌을 화나게 만들 수도 있을 것 같아서였다. 하지만 어쩌면 제닌도 하고 싶은 얘기일 수 있고, 해야 하는 얘기일지도 모른다.

"저기가 그 사고가 일어난 곳이야?"

제닌이 어리둥절한 표정으로 나를 쳐다봤다.

"무슨 사고?"

"그 사고 말이야. 네 아빠가… 돌아가셨을 때."

제닌이 몸을 똑바로 일으키더니 차갑게 나를 쳐다봤다.

"누가 그런 얘기를 했어?"

"아마 선생님들 중 한 분이었던 것 같아. 네가 학교로 전학 오기 전날, 선생님이 새 학생이 올 거라면서 구름사냥꾼 출신의 여학생이라고 했어. 그리고 너한테 잘해주라면서…."

"잘해주라니! 내가 그 따위 특별 관리가 필요할 것 같아? 내가 내 한 몸도 못 지킬 것 같냐고!"

"내가 한 말이 아니라니까. 난 그냥 들은 말을 전한 것뿐이야."

"참 나! 나야말로 잘해주고 있는 거라고! 너희 모두한테!"

"그냥 별 뜻 없이 한 말이야. 어쨌든 미안해. 선생님이 열기포 폭풍에 휩쓸려 떠내려가는 사고가 있었다고…."

우리는 한동안 말없이 서 있었다. 제닌은 기분이 몹시 상한 것 같았고, 나를 용서할지 말지에 대해 생각하고 있는 것 같았다.

"그건 사고가 아니었어." 마침내 제닌이 말했다.

"뭐?"

"사고가 아니었다구. 사고 같은 건 없었어. 그리고 아빠는 아직 돌아가시지 않았어. 조만간 정말 그렇게 될지도 모르지만. 네가 들은 건 사실이 아니야. 그런 일은 없었어."

나는 말없이 제닌을 바라봤다.

"그럼 무슨 일이 있었던 거야? 아직이라니, 무슨 말이야?"

"아빠는 돌아가시지 않았어. 감옥에 갇혀 있을 뿐이야. 그런데 사형을 당할 위기에 처해 있지. 우린 모든 법을 이용해서 아빠를 석방시키려고 했지만 전부 소용없었어. 강제집행정지라는 게 있지만 아무도 그걸 따르려고 하지 않아. 아빠는 이제 8일 후면 교수형을 당하게 돼."

"누가 네 아빠를 가둔 건데? 어디에? 어떻게? 내 말은… 그러니까 어떻게 해야 해?"

"우린 아빠를 구출하러 갈 거야. 니도 우리를 도울 수 있어."

"내가? 어떻게? 아빠를 어디서 구출해? 만일 실패하면, 그러니까 걸리면 어떻게 되는 건데?"

"글쎄, 걸리면 우리도 죽게 되겠지. 안 그래?"

그 순간 제닌의 말이 이상할 정도로 타당하게 들렸다. 당연히 그들은 그럴 것이다. 그 사람들은 분명 우리를 죽일 것이다. 그것은 명백한 일이다. 왜 안 그렇겠어?

"그러니까 걸리면 안 돼."

제닌이 몸을 돌려 점점 가까워지는 어둠의 제도를 응시하더니 다시 나를 쳐다봤다.

"그런데 너한테 이 말은 해줄 수 있어, 크리스찬. 만일 우리가 도착하기 전에 그자들이 아빠를 처형해버렸다면… 우리도 그자들을 처리할 거야. 그래야 공평해지지. 안 그래?"

그래, 그래야 공평해지겠지. 네가 그렇다면 그런 거야. 그래, 아주 합리적이네. 우리도 몇 명 죽이게 되겠지. 그거 말고 우리가 뭘 또 하겠어? 그런 생각을 하는데 갑자기 제닌이 지금 한 말의 뜻이 머리에 확 박혔다. 제닌의 아빠를 감옥에서 구출한다고? 그리고 구출 시도를 하다 우리가 죽을 수도 있고?

아무도 나한테 이런 얘기를 미리 해주지 않았다. 나는 그저 구름사냥꾼의 배를 타고 싶어 따라온 것뿐이다. 누군가를 구출하거나 목숨을 걸 계획이 아니었다.

나는 뭔가 작은 오해가 있었던 게 아닐까 생각했다. 누군가가 어쩌다 말을 잘못 전한 게 아닐까 하고 말이다.

24

큐난트 섬

"이건 한 주기도 채 안 된 일이야." 제닌이 말을 이었다. "우린 반주기에 한 번씩 반대자들의 제도에 물을 가져가. 그중에서 특히 자유의 섬과 히피의 섬에 주로 갔고, 가끔은 다른 작은 섬에 갈 때도 있어."

그 지역에는 어쩌면 섬이 수백 개나 있을 것이다.

제닌이 하늘을 쳐다봤다. 하늘에는 우리뿐이었다. 다른 배들은 전혀 보이지 않았다. 우리 왼쪽으로는 수만 마리의 하늘고기 떼가 우리와 같은 높이로 떠다녔다. 제일 앞에 있는 고기가 갑자기 방향을 틀면 뒤따르던 고기들도 방향을 바꿨다. 마치 수만 개의 부분으로 나눠져 있지만 몸과 마음은 하나인 유기체 같았다.

제닌이 나한테 다시 관심을 돌렸다.

"우린 여러 해 동안 반대자들의 제도 곳곳을 다녔어. 금단의 제도 사람들은 반대자들과 거래하지 않아. 그들은 반대자들이 목

말라 죽거나 말거나 전혀 신경 안 쓸 사람들이야. 우리가 없었다면 반대자들은 정말 죽었을 거야. 구름사냥꾼과 반대자들은 여러 모로 공통점이 많아."

카니쉬와 칼라가 배 반대편에서 우리를 쳐다봤다. 내가 그쪽을 응시하자 두 사람은 고개를 돌렸다.

"반대자들은 대부분 수경 재배를 하며 살아. 온실에서 과일과 채소를 키우지. 많은 물이 필요하기 때문에, 대부분의 섬은 자체적으로 추출기나 압축기를 갖고 있어. 하지만 그래도 물을 사야만 해. 물을 충분히 만들어내지 못하거든. 반대자들은 또 장터에서 거래할 물건을 만들기도 해. 그걸 갖고 나가서 자기들한테 필요한 걸로 교환하는 거지. 그 사람들이 믿는 신념 중에는 꽤 현명한 것도 있어. 나머지는 다소 정신 나간 것들이긴 하지만…."

"예를 들면?"

"넌 신이 해파리라고 하는 사람을 한 번도 본 적 없지?"

"없어."

"저기 봐… 저기 하나 있네! 신이야."

저 멀리 보통 크기의 하늘해파리가 날아다니고 있었다. 하지만 특별히 신성해 보이지는 않았다.

"그런 건 이상한 신념이고, 현명한 것도 있어. 자유주의자, 평화주의자, 히피, 이교도, 마녀, 정령숭배자 등등 전부 다 만날 수 있어."

"그런데?"

"옆에 있는 금단의 제도 사람들은 그 사람들을 대놓고 싫어해. 사실 금단의 제도 사람들은 자기들끼리도 서로 안 좋아해. 당연히 반대자들한테 물을 파는 우리도 싫어하고."

"너희를 방해한 적도 있어?"

"그런 적도 있었지. 우리가 물을 수확하고 있는데 전투선을 보냈어. 우리한테 겁을 주려고. 그런데 우린 그 전투선을 그냥 무시하고 앞질러 가버렸지."

"그런데?"

"그런데 금단의 제도 사람들이 우리를 실제로 공격한 적은 없어. 우리도 그 섬들에는 절대 정박하지 않았고."

"그런데?"

"그런데 한번은… 우리가 같이한 마지막 여정이었어. 그때 문제가 생겼어. 태양광 엔진이 망가진 거야. 그걸 고칠 수가 없어서, 당장 예비 엔진이 필요했어. 순풍도 너무 약하게 불어서 바람만으로는 이동할 수가 없었거든. 어쩔 수 없이 우린 열기포를 따라 이동했지. 그런데 그 바람이 공교롭게도 우리를 금단의 제도로 보내버린 거야. 게다가 그중에서도 최악의 섬으로."

"거기가 어딘데?"

"큐난트 섬."

"그 사람들은 뭘 믿는데?"

"그 사람들이 뭘 안 믿는지에 대해 말해줄게."

"그게 뭔데?"

"큐난트족은 반대자들을 싫어해. 어떤 형태로든 말이야. 정말 질색하지. 반대자들을 모두 이단으로 간주해버려. 그리고 큐난트족은 이단 행위에 대해 사형으로 응징해."

"사형?"

"응. 교수형."

나는 침을 삼켰다.

"우리, 그 근처로는 안 가는 거지?"

제닌이 내 눈을 들여다봤다.

"아니, 거기가 정확히 우리가 가는 곳이야."

"얼마나 가까이? 얼마나 가까이 갈 건데?"

"섬에 정박할 만큼 가까이. 우리 아빠가 갇혀 있는 곳이 바로 거기거든."

"하지만 왜 교수형이야? 무슨 이유로?"

"따라 하는 거야."

"누구를? 뭘 따라 해?"

"그 사람들의 종교 창시자를 따라 하는 거야. 그 사람은 참을성이 없는 편협한 사람들에 의해 사형을 당했어. 그가 죽자 신도들은 그를 신성한 순교자라고 떠받들었지. 큐난트족은 그가 처형된 방식을 종교적 상징으로 받아들이기 시작했어. 섬의 곳곳에서 그 상징을 볼 수 있는데, 예배당과 신전마다 크고 작은 올가미가 있어. 신성한 건물에 들어가거나 축복을 주거나 기도를 할 때는 손으로 올가미 모양을 그려."

"올가미 모양? 어떻게 하는 거야?"

제닌이 직접 보여줬다.

"대충 이렇게 하면 돼."

나도 따라서 해봤다. 하면서도 마음이 불편하면서 왠지 불길한 느낌이 들었다.

"그리고 또 뭐가 있어?"

"큐난트 섬은 무시무시한 곳이야. 배를 타고 가다 보면 제일 먼저 부둣가 언덕 위에 세워져 있는 커다란 교수대를 볼 수 있어. 거기에 매달린 올가미가 바람에 흔들거리면 꼭 그리로 가까이 다가오라고 손짓하는 것 같아. 그러다 반대로 가까이 오지 말라고 경고하는 손짓처럼 보이기도 하고."

"끔찍해. 무시무시한 상징이다."

제닌이 잠시 생각에 잠겼다가 다시 입을 열었다.

"그래… 그럴 수 있지. 나도 처음에 그렇게 느꼈어. 그런데 과연 그럴까?"

"무슨 말이야?"

"오래전에 생겨난 다른 종교들을 생각해봐. 그 종교들도 그런 식으로 상징을 갖고 있잖아. 기독교를 예로 들면 십자가가 있지. 그게 매혹적인 모습이야? 불쌍하게 십자가에 못 박힌 모습이? 무시무시하지 않아?"

"그래도 그건 다르지!"

나는 바로 항의했다. 우리 부모님은 기독교인이다. 꼬박꼬박

교회에 나가진 않지만 말이다.

"그래? 어떻게 다른데?"

나는 제닌과 말다툼을 하고 싶지 않았다. 그래서 어깨를 으쓱해 보이고는 제닌이 계속 말하도록 놔뒀다.

"큐난트족은 큐난트 섬에 발을 들인 사람은 그게 누구건 자신들의 종교를 받아들이게끔 강요하는 법을 갖고 있어. 부둣가에 정박하고 배 위에서 지내면서 섬사람들과 거래하는 건 괜찮아. 하지만 배에서 내려 섬에 한 번이라도 발이 닿으면 바로 잡아들여서 개종을 시키려 해."

"만약 개종을 안 하면? 계속 버티면?"

"그럼 큐난트의 종교를 거부하는 걸로 간주하지. 그리고 그건 이단 행위야. 그에 대한 처벌은…."

무슨 이유에서인지 갑자기 목덜미가 당기는 기분이 들었다.

"괜찮아, 크리스찬? 얼굴이 창백해."

"괜찮아. 그래서 그다음엔 어떻게 되는 거야? 큐난트 항구에 배를 정박하고 나서 말이야. 네 아빠가 섬에 발을 내디뎠던 거야? 만일 그랬다면, 무엇 때문에 그렇게 하신 거야?"

"물 좀 한 컵 갖다 줘. 마저 얘기해줄게."

25

위험한 선택

제닌은 물을 조금 마신 뒤 얘기를 이어갔다.

"우린 어쩔 수 없이 방파제에 배를 묶었어. 얼마 지나지 않아 섬의 관계자들이 성큼성큼 부교를 건너 우리한테 묻지도 않고 배에 올라탔어. 아빠는 그 사람들한테 자초지종을 설명했지."

"그랬더니?"

"그 사람들은 배 수리에 필요한 물건을 살 수 있도록 사람을 보내준다고 했어."

"그래서?"

"정말 사람을 보내줬어."

"그럼 어쩌다…."

"기다려볼래, 크리스찬? 얘기할 테니 내 말 좀 끊지 마."

"미안해."

"우린 필요한 부품을 챙기고 물로 그 값을 지불했어. 태양광 엔진을 고치고 항해할 준비를 했지. 그런데 우리가 떠나기 바로 직전에 일이 생긴 거야. 아직 이른 아침이라 부둣가는 텅 비어 있었어. 출항할 준비를 하고 있는데, 어디선가 시끄러운 소리가 들렸어."

"무슨 소리?"

"전에 본 적 있는 남자였어. 아주 심술궂게 생긴 그 남자는 강아지를 줄에 묶어서 끌고 가고 있었어. 개는 끌려가지 않으려고 발로 땅을 파다시피 했지. 정말 끔찍했어. 강아지가 낑낑거리면서 짖는데도 남자는 계속 강아지를 끌고 갔어. 부둣가 근방에 있는 교수대까지 말이야. 그곳은 큐난트 선원들이 배를 타고 떠나기 전에 기도를 올리는 사원 중 하나인데, 남자는 교수대 너머로 강아지의 목줄 한쪽 끝을 던지고는 세게 잡아당겼어. 강아지는 목이 졸린 상태로 매달리게 됐지."

"말도 안 돼! 대체 왜?"

"아마 희생양인 것 같았어. 신에게 바치는 희생양 말이야."

"그래서?"

"아빠가 배에서 뛰어내렸어. 그리고 쏜살같이 달려가서 남자를 때려눕히고 강아지를 풀어줬어. 아빠가 목줄을 풀려고 하는데, 남자가 소리치면서 도움을 요청했어. '이단자가 들어왔다! 이단자가 우리 섬에 들어왔다!' 하고."

"그래서?"

"그땐 나랑 엄마밖에 없었어. 카니쉬 삼촌은 없었지. 우리가 아빠를 도우러 달려가려는데, 아빠가 우리보고 배에 가만있으라고 소리쳤어. 우리마저 잡힐 거라고. 그때 여기저기서 사람들이 나타나기 시작했어. 마치 숨어 있다가 이런 일이 일어나기만을 기다리고 있었던 것처럼 말이야."

"그럼, 함정이었던 거야?"

"응. 일부러 강아지를 데리고 소란 피워서 우리 중 아무나 강아지를 구하러 배에서 내려오게 만든 것 같았어."

문득 고깔해파리 떼가 학교로 몰려왔던 그날이 생각났다. 그때 제닌은 목숨을 걸면서까지 강아지를 살려냈는데, 아빠가 한 걸 보고 자기도 그렇게 한 걸까. 아빠처럼 누군가 고통받는 걸 차마 볼 수 없어서.

"그래서 어떻게 됐어?"

"사람들이 아빠를 제압했어. 아빠는 강했지만 상대할 사람이 너무 많았거든. 사람들은 아빠를 잡아서 팔을 묶고 아빠 목에 올가미를 둘렀어. 그리고 아빠를 끌고 갔어."

"그래서?"

"우린 어찌해야 할지 몰랐어. 아빠를 버리고 갈 순 없잖아. 그렇다고 감히 부둣가에 발을 디딜 수도 없고. 그런데 방파제로 점점 더 많은 사람들이 몰리기 시작했어. 마치 우리도 섬에 내리길 기다리는 것처럼 말이야."

"그래서 어떻게 했어?"

"우린 기다렸어. 기다리고 또 기다리니까, 어떤 남자가 우릴 보러 왔어. 그 사람은 다른 사람들과 입은 옷도 다르고 목에는 엮어서 만든 화려한 목걸이를 두르고 있었어. 가까이서 보니 올가미더라구. 남자는 자기가 사제라고 소개하면서 아빠가 내일 아침 재판을 받게 될 것이고, 자기들의 종교로 개종할 기회가 주어질 거라고 했어."

"개종하지 않으면?"

"적법한 절차에 따라 교수형에 처하겠다고 했어. 큐난트의 날에."

"그래서?"

"아빠는 당연히 개종하기를 거부했지. 우리가 생각한 것처럼."

"그럼 사람들이…."

"아니. 아빠는 여전히 감옥에 갇혀 있어. 재판은 엉터리로 진행됐어. 큐난트족은 자기들의 편협함을 감추기 위해 적법하게 처리한다는 걸 보여주고 싶어 하지만, 판결은 항상 유죄뿐이야. 그런후 축제의 날에 모든 죄수들을 교수형에 처하지. 성대하게 기념하는 걸 좋아하거든. 그래서 큐난트의 날인 거야. 그런데 큐난트의 날은 한 주기에 한 번 돌아오는 거라서, 사형이 집행되기까지하루만 걸릴 때도 있지만 길게는 12구분이 걸릴 때도 있어."

"그래서?"

"우리가 할 수 있는 건 모두 했지. 하지만 다 소용없었어."

"법원에 가봤어?"

"우린 국제 법원에 도움을 요청했고, 저들의 결정이 잘못됐다는 판결을 얻었어. 그런데 그래봤자 무슨 소용이겠어? 강제성이 없는 판결인데. 국제 섬 당국은 문제를 해결할 능력이 없어. 수백만 킬로미터의 하늘과 수만 개의 섬을 관리하기 때문에 해적, 밀수, 밀매, 밀거래 같은 문제만으로도 감당하기 벅차거든. 그러니 구름사냥꾼의 목숨 같은 건 안중에도 없지. 그건 정치인들도 마찬가지고."

나는 그날의 일에 대해 더 자세히 묻지 않았다. 그리고 제닌 역시 더 이상 말하지 않았다.

우리는 갑판에 앉았다. 바람이 제닌의 머리를 흩날렸다. 제닌의 초록빛 눈이 어두워졌다.

잠시 후, 제닌이 나를 쳐다봤다.

"그래서 이제 우린 거기로 가야 해. 시간이 많이 남지 않았거든."

"언제까지 가야 하는데?"

"큐난트의 날까지. 만약 그전에 아빠를 구출하지 못하면…."

"구출하지 못하면?"

"그럼 아빠를 죽게 만든 원인 제공자를 찾아내야지."

"그래서?"

"그 남자를 죽일 거야. 그거 말고 뭐가 있겠어? 만약 아빠를 되찾지 못하면, 우리도 복수를 할 거야."

"하지만 그럴 수 없어. 사람을 죽이면 안 돼."

제닌이 황당하다는 듯 나를 쳐다봤다.

"왜 안 돼? 그것만이 유일한 해결 방법이야."

"아니, 잘못된 일이야. 너도 알잖아… 눈에는 눈….."

"눈에는 눈?"

"눈에는 눈, 이에는 이의 이치면 온 세상 사람들이 장님이 될 거야."

"무슨 소리야?"

"복수를 해서는 안 된다고."

"그럼 네가 내 눈을 멀게 해도 난 아무것도 하지 말아야 해? 그런 뜻이야? 납작 엎드려서 다른 쪽 뺨을 대줘야 해? 그쪽도 마저 때리라고? 만약 네 아빠가 그렇게 됐으면 어떨 것 같아?"

"알겠어. 그럼 아빠를 구출해내면? 그럼 그 남자를 죽이지 않을 거야?"

"음, 그건 그때가 되어봐야 알겠지."

나는 더 이상 그에 관해 따지지 않았다. 내가 무슨 말을 한들 세 사람에겐 모든 계획이 이미 정해져 있었다.

"카니쉬 아저씨는 대체 누구야?"

"말 그대로 내 삼촌, 그러니까 아빠의 형제야. 카니쉬 삼촌은 아빠를 구하기 위해서라면 뭐든 할 거야."

"그럼 난?"

"너?"

"그래, 나. 난 뭘 하면 돼? 난 왜 여기 있는 거야?"

"네가 오고 싶어 했잖아. 구름사냥꾼이 되는 게 어떤 건지 알고 싶다고 했잖아. 이제 곧 알게 될 거야."

"제닌… 넌 왜 나를 이곳으로 데려오는 데 찬성한 거야?"

"그래, 사실 우린 네가 도와주길 바랐어. 아빠를 구출하는 걸…."

"하지만 내가 그 일을 안 하고 싶어 할 수도 있잖아."

"넌 그냥 배에 남아서 지키고만 있으면 돼. 그게 전부야. 넌 섬에 들어가지 않아도 돼."

"나한테 이 모든 것에 대해 미리 말해줬어야 한다고 생각 안 해? 내가 무슨 일에 휘말리게 될지 미리 언질이라도 해줬어야 하는 거 아냐? 내가 지금 당장 집에 돌아가겠다고 하면 어떡할 건데?"

"알겠어, 크리스찬. 만약 겁이 나면…."

"난 겁이 나는 게 아니야. 난 그냥…."

하지만 나는 재빨리 말을 바꾸었다. 뭐 때문에 거짓말을 하겠는가?

"그래, 제닌. 난 무서워. 그게 잘못된 거야? 넌 겁 안 나? 넌 무섭지 않아?"

"무서워. 그런데 어쩌겠어? 내 아빠인걸. 물론 나도 겁이 나. 하지만 우린 서로 용감해지도록 도울 수 있어. 안 그래?"

나는 대답하지 않았다.

"크리스찬, 우린 네가 원하지 않는 걸 억지로 하게 하진 않을 거야. 만약 네가 큐난트 섬까지 우리와 함께 가고 싶지 않다면, 괜찮아. 다음에 도착하는 섬에 내려줄게. 그럼 네 아빠한테 전화해서 데리러 오라고 해. 아니면 하늘버스를 타고 집에 가면 돼. 난 네가 모험을 원하는 줄 알았어. 그게 전부야."

"맞아, 그랬지. 하지만 이렇게… 사람을 죽이거나… 내가 죽을 수도 있다는 생각은 못 했어."

"운이 좋으면 그런 일은 일어나지 않을 거야. 그리고 만약 살인이 일어난다면, 그건 우리가 할 거야. 넌 그냥 보고만 있으면 돼. 아니, 다른 곳을 보고 있어. 그건 어때?"

바람 때문에 길게 땋은 제닌의 검은 머리카락이 뒤로 흩날렸다. 제닌은 배의 반대편으로 갔고, 나는 구름 조각들을 쳐다보며 내가 무슨 상황에 처한 건지에 대해 다시금 생각했다.

전에 읽은 책의 한 구절이 떠올랐다. 인생에는 두 가지의 비극이 있는데 하나는 자기가 원하는 게 무엇인지 모르는 것이고, 다른 하나는 원하는 것을 얻었을 때라고 한다. 나는 항상 그게 무슨 뜻인지 궁금했다. 하지만 이제야 그 말의 뜻이 이해되기 시작했다.

제닌이 나를 불렀다.

"크리스찬, 다음 섬에서 내릴래, 아니면 우리랑 끝까지 같이 갈래? 난 네가 같이 가면 좋겠어. 하지만 억지로 그럴 필요는 없어. 이건 우리의 싸움이지, 네 싸움은 아니니까. 이해할 수 있어. 네가 내린다 해도 너한테 실망하지 않을 거야."

"아니, 남을게. 같이 갈 거야."

나는 생각도 하지 않고 그렇게 말해버렸다. 그러고 나서 생각해봤다. 내가 미친 게 틀림없다는 생각이 들었다. 하지만 기분 좋은 광기였다.

내가 그렇게 결정한 건 제닌이 내가 남길 원했기 때문이다. 단지 그뿐이다. 그것 말고 다른 이유는 없었다.

26

하늘 다이빙

이상하게도 한두 시간 정도 지나자 기분이 무덤덤해졌다. 내 앞에 펼쳐질 미래에 대해서 말이다. 결국, 우리는 모두 불안하게 매달려 있는 칼 같은 것들 밑에 살고 있지만, 대부분 그런 사실을 깨닫지 못하고 있을 뿐이다. 사고, 질병, 죽음, 재난 같은 위협들은 매 순간 우리에게 들이닥친다. 하지만 우리는 마치 이런 위협이 존재하지 않는 것처럼 행동하거나 무심해지고 만다.

금단의 제도까지 가려면 우선 어둠의 제도를 통과해야 한다. 어쩌면 그 구간을 살아서 지나지 못할 수도 있다. 그리고 그전에 하늘상어한테 잡아먹힐 수도 있는데, 왜 미리부터 편협한 큐난트 사람들한테 잡혀 교수형 당할 일을 걱정해야 하지?

만약 내가 죽으면 나를 위해 슬퍼해줄 사람들을 떠올려봤다. 당연히 부모님과 학교 친구들이 슬퍼해줄 것이다. 그리고 제닌도. 제닌이 살아 있다면 말이다. 기념공원에 근사한 묘비도 세워

줄지 모른다. 이 세계에서는 사람을 땅에 묻지 않는다. 묘지라는
게 없기 때문이다. 추모식을 하고 나면 수의로 감싼 시신을 배에
태우고 하늘로 나가서 뱃전 너머로 떨어트린다. 그러면 하염없이
추락해 결국 꺼지지 않는 위대한 불이 모든 것을 삼켜버린다. 그
렇게 죽으면 모두 재로 돌아간다. 생명을 주는 것도 태양이고, 생
을 마감하고 돌아가는 곳도 태양이다. 태양은 열, 빛 그리고 생존
을 의미하는 동시에 죽음, 어둠 그리고 무덤을 의미한다.

  그래서 기념공원에는 묘지가 아닌 묘비만 있고, 오직 우리의 추
억과 그 추억에 대한 추억만이 남는다. 우리 집 근처 하늘이 내려
다보이는 곳 위에 기념공원이 있는데, 그곳에는 인구과잉, 환경오
염, 전쟁 등의 이유로 죽어가는 지구를 떠나 처음 이곳으로 이주
해 온 개척자들의 이름, 생년월일, 출생지 그리고 옛날 시의 구절
이 적혀 있다.

  갑판에서 한가로이 이런 것들을 생각하고 있는데, 카니쉬가 다
가와 나를 내려다봤다. 늘 그렇듯 카니쉬의 허리춤에는 칼이 있
었고, 손 안에서는 주사위가 달그락거렸다. 그런데 그날따라 카
니쉬가 이상할 정도로 친근하게 느껴졌다.

  "저기…."

  내가 힐끗 쳐다보자 카니쉬가 눈을 찡긋했다.

  "그러니까, 구름사냥꾼이 되고 싶다고?"

  "언젠가는요."

  카니쉬 뒤로 칼라가 일어서는 게 보였다.

"그래, 구름사냥꾼이 되고 싶다면 구름사냥꾼처럼 보여야지. 구름사냥꾼처럼 보이려면…."

카니쉬가 허리춤에서 칼을 꺼내더니 눈가부터 입까지 깊이 난 흉터를 칼끝으로 훑어 내렸다.

"카니쉬…."

칼라가 카니쉬 곁으로 다가왔다. 언제든 바로 그의 칼을 뺏을 태세였다. 하지만 카니쉬는 칼라를 보고 그저 웃기만 했다. 아니, 카니쉬는 나를 보고 웃었다.

"그냥 애한테 작은 호의를 베풀려고 한 것뿐이에요."

카니쉬가 조타실로 돌아가 방향을 확인하더니 항로를 조금 변경했다. 그런 뒤 마치 세상만사 신경 쓰이는 게 없다는 듯, 내 얼굴에 시술해주려고 그 비위생적인 칼을 들이댄 적도 없다는 듯 휘파람을 불기 시작했다.

카니쉬는 독특한 유머 감각을 갖고 있는 것 같았다.

계속 항해하다 보니, 몇 킬로미터 밖에서 어렴풋이 보였던 어둠이 점점 가까워졌다.

"저기까지 얼마나 걸려요?" 제닌이 물었다.

"서너 시간 정도." 칼라가 대답했다.

"수영할 시간이 있을까요?"

칼라가 카니쉬한테 태양전지판을 닫고 속도를 늦추라고 했다.

"짧게만." 칼라가 다시 말했다.

제닌이 나한테 다가와 신발창을 찼다.

"어이, 게으름뱅이. 하늘수영이나 하러 가지 않을래?"

나는 일어섰다.

"물론이지."

하지만 뱃전 너머를 보자 덜컥 겁이 났다. 나는 안전망이 없는 텅 빈 하늘에서는 수영해본 경험이 별로 없었다. 집 근처에 바위 아래로 공중 수영장이 하나 있지만 여기에 비하면 턱없이 얕다. 이 깊고 드넓은 하늘에서는 부력을 잃으면 영영 돌아오지 못한다. 다 타서 재가 될 때까지 멈출 수도 없다.

"크리스찬, 준비됐어?"

제닌이 난간 위로 올라가 다이빙할 것처럼 자세를 잡았다.

"너만 준비됐다면."

제닌은 아무 대꾸 없이 우아한 포물선을 그리며 재빨리 공중으로 뛰어들었다. 그러더니 이내 배영으로 수평을 유지한 채 나를 올려다보고 웃었다.

"뭐 해? 안 들어와? 공기가 좋아. 갑판에선 늘 갇혀 있는 기분이었는데, 이렇게 몸을 펴니까 좋다. 마음이 바뀐 거야?"

카니쉬와 칼라가 나를 쳐다봤다. 더는 망신을 당할 수 없었다.

"할 거면 어서 들어와. 시간이 많지 않아."

하지만 나는 다이빙을 하는 모험을 택하지 않기로 했다. 대신 주춤거리며 뱃전을 넘어가서 밧줄 사다리에 매달렸다.

"손을 놔. 손을 놓고 헤엄쳐. 물이랑 똑같아. 한번 놔봐."

손을 놓았다. 이러다 죽을지도 모른다는 생각이 들었다. 아니면 토하거나. 하지만 그런 일들은 일어나지 않았다. 내 몸이 구름처럼 떠올랐다.

우리는 수영을 오래 하진 않았다. 공기의 밀도 때문에 가라앉기란 불가능했다. 하지만 꼭 그렇게 될 것만 같은 느낌이 뱃속에서 꾸물거렸다. 구멍 난 풍선처럼 갑자기 하늘 높이 솟아올랐다가 맥없이 죽음을 향해 추락하고 말 것만 같았다.

10분 후 우리는 배로 돌아왔다. 카니쉬가 태양전지판을 열자, 배는 다시 빠르게 어둠의 제도를 향해 나아갔다.

어둠의 제도 너머로 한 줄기의 연기와 불이 높이 퍼지는 게 보였다. 나는 제닌한테 저것이 무엇인지 물었다.

"불의 섬이야. 오랫동안 불에 타면서 연기를 뿜어내고 있어."

"어째서 다 안 타버리고?"

"언젠가는 그렇게 되겠지."

불의 섬은 주황색과 붉은색으로 반짝이며 활활 타오르고 있었고, 검은색과 잿빛의 연기가 피어올랐다. 마치 악마의 눈 같았다.

밤이 왔다. 어둠의 제도 사이에는 헤아릴 수 없을 만큼 깊은 어둠이 있었다. 영원한 밤.

어둠의 터널에 진입하기까지 15분에서 20분 정도 남았을 때, 카니쉬가 칼라한테 방향타를 맡기고 아래 선실로 사라졌다.

제닌과 나는 뱃머리에 앉아서 조금씩 가까워지고 있는 어둠의 터널을 바라봤다. 마치 두 개의 땅덩어리로 만들어진 턱을 쩍 벌리고 있는 거대한 괴물의 입속으로 들어가는 것만 같았다. 어둠은 우리를 향해 입을 크게 벌리고 있었다. 심지어 으스스하게 웃고 있는 것처럼 보이기도 했다.

카니쉬가 방수복 몇 벌을 들고 올라왔다. 나한테 한 벌 던지고 제닌에게도 한 벌 건넸다.

"입어둬. 추울 거야."

카니쉬의 말이 맞았다. 어둠의 터널에 다가갈수록 기온이 뚝 떨어졌다. 추위와 동시에 불안감이 엄습하며 몸이 으슬으슬해졌다.

얼마 지나지 않아 우리는 두 개의 거대한 섬 사이에 놓이게 되었다. 이 섬들은 휴화산처럼 불안정한 상태여서, 어느 시점에 다다르면 섬과 섬이 서로 포개지며 붕괴될 거라고 알려져 있었다. 그게 내일이 될지, 혹은 100만 년 뒤가 될지 모르지만.

우리는 어둠 속으로 들어갔다. 뒤돌아보니 우리 뒤로 빛이 재빨리 사라지고 있었다. 나는 한순간 눈이 먼 것 같은 기분이 들었고 공포를 느꼈다. 하지만 점차 어둠에 눈이 적응했고, 이 어둠이 처음 봤을 때만큼 칠흑 같지는 않음을 알게 되었다.

카니쉬가 항해등과 뱃머리에 달린 조명등을 켰다.

처음에는 춥고 어두웠다. 거기에 적응하자 그다음으로는 고요를 느낄 수 있었다. 마치 소리 없이 흐르는 강물처럼 고요만이 우리 주변을 감쌌다.

15분 정도 지나자 앞에 펼쳐진 어둠만큼이나 우리가 지나온 길도 어두웠다. 우리가 떠나온 텅 빈 하늘에는 희미한 빛만 반짝였는데, 마치 어둠으로 가득 찬 방 안에서 꺼져가는 촛불 같았다.

침묵은 무거웠고 전염성이 있었다. 소리가 사라지자 우리는 숨을 쉬는 것조차 겁이 났다. 마치 말도 못하고 보지도 못하는 수도승들이 보이지 않는 신에게 엄숙히 기도드리는 웅장한 대성당 안에 있는 것 같았다. 말소리를 낸다는 것 자체가 모독으로 여겨지는 곳 말이다.

카니쉬가 이 침묵을 깼다. 하지만 목소리를 잔뜩 낮췄다.

"저기….“

고개 들어 보니, 우리 배의 반 정도 되는 크기의 창백하고 흐물거리는 생물이 어둠 속을 정처 없이 떠다니고 있었다. 지느러미를 움직이지도 않고 무심히 우리 곁을 지나쳤다.

"징그러워….“

그 생물체가 작고 흐릿한 눈으로 우리를 쳐다봤다.

"저게 뭐야?"

"하늘민달팽이야. 앞으로 더 많이 보게 될 거야."

제닌이 말하는 순간, 그 생물이 느긋하게 입을 벌리더니 마치 고래수염 같은 것을 잔뜩 드러냈다. 녀석은 여과섭식자(공기 중의 미생물, 물속의 플랑크톤이나 유기질 부스러기 등을 걸러서 먹는 동물:옮긴이)였다. 정처 없이 돌아다니면서 하늘벌레나 하늘피라미처럼 씹을 필요가 없는 작은 생물들을 들이마시는 것이다. 녀석

의 입은 우리를 집어 삼킬 수 있을 만큼 컸다. 그래서 녀석이 가
버리자 마음이 놓였다.

우리는 어둠의 제도를 지나면서 못생기고 괴기한 생물들을 계
속 만났다. 겉과 속이 뒤죽박죽 뒤바뀐 것처럼 생긴 생물도 있었
다. 이 생물들은 악몽 그 자체였다. 절대로 꾸고 싶지 않은 악몽
이 눈앞에 펼쳐지는 기분이었다.

"예쁘지?"

기형적인 생물들이 우리 곁을 지날 때마다 제닌은 이렇게 말했
다. 그러면 생물들이 눈이 없는 얼굴과 비늘이 뒤덮인 머리를 우
리 쪽으로 돌렸다가 무시무시한 비명을 내지르며 서둘러 도망쳤
다. 우리만큼이나 저들도 우리를 두려워하고 역겨워한다는 것에
안심이 되었다.

나는 어둠 속에서 제닌의 손을 찾아 꼭 잡았다.

27

어둠의 터널

어둠 속으로 깊이 들어갈수록 더 많은 생명체가 나타났다. 대부분의 생명체들은 눈이 퇴화되어 있었다. 하지만 접시만큼 거대한 눈을 갖고서 빛에 굶주린 것들도 있었다. 이 어둠 속 생명체들은 하나같이 늘 전투태세를 취하며 먹이사슬에서 자기보다 아래에 있는 먹잇감을 잡아먹는 포식자처럼 보였다.

"여길 완전히 지나려면 얼마나 걸려?"

"앞으로 여덟 시간 이상 더 가야 해." 제닌이 답했다.

몸이 추워졌다. 나는 밧줄 더미에 앉아 손을 호호 불었다. 나는 어둠을 별로 좋아하지 않는다. 게다가 여기는 축축하고 잡초와 소금 냄새가 났다. 우리 주변 어딘가에서 뭔가 부패하는 게 있기라도 한 듯 고약한 악취도 풍겼다.

계속 항해하는 동안, 무질서하게 떠다니는 온갖 잔해들도 볼 수 있었다. 돛대, 자투리 돛, 부서진 태양전지판 조각들, 잡동사니, 쓰레기, 화물 등등. 폐품 수집가에겐 여기가 천국이겠구나 싶을 정도였다.

"이 길을 지나가는 데 실패한 배들이 많아?"

"조심성이 없는 배들만." 제닌이 답했다.

하지만 그렇게 단순하지만은 않을 거라는 의심이 들었다. 조종술뿐만 아니라 운도 따라야 하지 않을까.

"그런데 왜 그렇게 많은 배들이 이 위험한 길을 택하는 거야?"

"당연히 지름길이라 시간을 줄일 수 있기 때문이지. 게다가 중심 기류가 꼭 좋은 것만도 아냐. 어떤 사람들은 세관이 너무 많아서 싫어해."

나는 카니쉬도 그중 하나일 거라고 생각했다. 세관원들은 허가증, 면허증, 신분증 등 온갖 증명서를 보여달라고 할 텐데, 분명 카니쉬에겐 그런 것들이 하나도 없을 테니까.

또 몇 시간이 흐르고 흘러, 우리는 드디어 빛으로 나오게 되었다. 이제 편해졌다 싶은 순간, 우리 위의 어둑한 곳에서 뭔가가 불쑥 나타났다. 그런데 이번에는 생명체가 아니었다. 배였다. 생명체와 함께였다. 그 생명체는 우리처럼 생긴 인간이었다.

"칼라!"

즉시 카니쉬가 소리쳤다.

"저게 누구야?"

"야만용." 제닌이 답했다. "단순히 물만 훔치는 자들이 아니라 진짜 해적."

"저들이 원하는 게 뭔데?"

"뭘 것 같아, 크리스찬? 보통 해적들이 원하는 게 뭐지? 아마 돈이겠지?"

"난 돈이 얼마 없는걸."

"그럼 네 목숨은 어때? 목숨은 누구에게나 하나씩 다 있잖아, 안 그래? 적어도 지금 당장은 말이야."

상대편 배가 암울한 어둠 속에서도 배에 탄 사람들이 보일 정도로 가까워졌다. 조수들은 넓고 납작한 노를 일사분란하게 저었고, 갑판 위에 줄 서 있는 선원들은 흉기, 단검, 칼 등으로 무장하고 있었다. 하나같이 생김새가 암울하고 무서웠다.

더 무서운 건 그들 모두가 마치 눈먼 사람처럼 우두커니 앞만 바라보고 있다는 것이었다. 심지어 어떤 이들은 해골처럼 눈이 있어야 할 자리에 빈 구멍만 있었다.

나는 당황할 것 없다고 스스로 다독였지만 등줄기를 타고 땀이 흐르는 게 느껴졌다. 카니쉬를 돌아보니, 카니쉬의 얼굴에도 작은 땀방울이 맺힌 게 보였다. 만일 카니쉬가 걱정한다면 이건 정말 걱정해야 할 일이라는 뜻이다. 그래서 나는 더 겁이 났다.

28

야만용

"저 사람들은 눈이 없어. 그럼 앞을….."

내 입 밖으로 말이 나오는 순간, 갑판 위에 서 있는 사람들이 일제히 내 쪽으로 고개를 돌렸다.

"저들은 눈이 필요 없어….."

제닌이 속삭이자 이번에는 제닌 쪽으로 고개를 돌렸다.

카니쉬가 갈고리로 배의 가장자리를 내리쳤다. 달그락거리는 소리에 눈이 없는 얼굴들이 카니쉬 쪽을 쳐다봤다. 카니쉬는 갑판을 따라 뛰어다니며 있는 힘껏 갈고리로 소란을 피웠다. 칼라는 칼을 집어 들고 빈 대야를 두드렸다.

"다들 뭐 하는 거야?"

"저들을 속이려는 거야." 제닌이 답했다. "우리가 저들보다 쪽수가 많다고 생각하게끔 만드는 거지. 그래야 굳이 위험을 무릅쓰고 공격하지 않을 테니까."

새로운 소리가 날 때마다 그들의 고개가 움직였고, 귀가 쫑긋
거렸다.

"하지만 상식이 있는 사람들이라면 전에도 저들을 이렇게 속이
려고 해보지 않았겠어?"

"그렇다고 저들이 안 속는 건 아냐. 저들은 위험을 감수할지 말
지를 선택해야 해. 진짜인지 허풍인지는 쳐들어가기 전엔 알 수
없는 거잖아. 어서 와. 아무거나 손에 쥐고 최대한 크게 소리를
내야 해."

우리는 이 난리에 동참해서 배 주변을 최대한 시끄럽게 만들었
다. 나는 국자로 빈 물통을 쿵쿵 쳤고 제닌은 컵과 그릇을 달그
락거렸다. 야만용들은 고개를 한쪽으로 젖히고 소리를 들었다.
마치 호기심 많은 이국적인 새처럼 보였다.

"눈도 안 보이면서 어떻게 해적질을 할 수 있지?"

"저들은 어둠 속에 살아. 그래서 볼 필요가 없는 거야."

"그럼 저들이 배를 습격한 다음엔 어떻게 해?"

"배와 화물을 차지하지."

"그럼 배 안에 있는 사람들은?"

"포로들한테 선택권을 줘. 큐난트족이 그러는 것처럼."

"뭐에 대한 선택권? 어떤 선택이 있는데?"

"자기들을 따르거나, 죽임을 당하거나."

"그런데 왜…."

제닌은 내가 무슨 말을 할지 이미 알고 있었다.

"그런데 왜 전부 장님이냐고?"

"어."

"만약 살기 위해 저들을 따르기로 하면, 말 그대로 저들처럼 되어야 해. 눈을 멀게 해서 불공평한 특권을 없애버리는 거야."

"하지만… 그건 너무 야만적이잖아."

"그래서 야만용인 거지."

"우린 저들한테 잡히지 않고 무사히 지나갈 수 있을까? 완전히 속아 넘어간 것 같아 보여?"

"몰라. 곧 알게 되겠지."

"하지만 적어도 우린 볼 수 있잖아."

"그게 네 목숨을 살려줄 거라 믿지 마. 맹인의 계곡 몰라?"

물론 안다. 우리는 학교에서 맹인의 계곡에 대해 배운 적이 있다. 예전에 이런 말이 있었다. '맹인의 계곡에서는 외눈박이가 왕이다.' 이 말을 들은 외눈박이 남자는 맹인들의 왕이 될 수 있다는 꿈에 부풀어 머나먼 맹인의 계곡으로 떠났다. 하지만 막상 가보니 맹인의 계곡 사람들은 이 남자가 따라잡을 수 없을 만큼 주변 환경에 완벽히 적응한 상태였다. 그래서 맹인들의 왕이 되기는 커녕 오히려 노예가 되어버렸다고 한다.

배가 아까보다 더 가까워졌다. 우리의 노력이 지나쳤던 모양이다. 우리는 너무도 뻔한 걸 간과하고 말았다. 선원으로 가득 찬 배는 군이 이런 소란을 피울 필요가 없다. 오히려 일부러 조용히 있으면서 저쪽의 공격을 유도할 것이다. 자신들이 유리하다는 걸 아니까.

원래 빈 주전자가 가장 요란한 법이다. 우리는 스스로 빈틈과 약점을 드러낸 꼴이 되었다. 누군가 어둠 속에서 휘파람을 분다면 그 사람은 분명 두려움을 떨쳐내려고 그러는 것일 가능성이 크다. 그리고 분명 혼자일 확률이 높다.

야만용 배의 선장으로 보이는 남자가 손을 뻗어 포경포(작살을 내쏘는 포:옮긴이)를 쥐고서는 쏠 준비를 했다. 그러자 카니쉬가 재빨리 방향타를 돌리는 동시에 배의 부력을 조절했다. 우리 배는 위로 높이 올라갔다. 하지만 우리의 움직임을 포착한 야만용 선장이 포경포를 위로 겨눴다. 그리고 방아쇠를 당겼다.

작살이 날아와 우리 배에 정확히 꽂혔다. 세 개의 작살이 또 발사되었고, 모두 우리 배에 명중했다. 우리 배는 마치 줄 달린 죽창에 꽂힌 생선 같았다.

야만용들이 작살들과 이어진 밧줄을 꽉 잡고서는 열심히 감아 대기 시작했다. 두 배가 점점 더 가까워졌다. 카니쉬가 선체에 박힌 작살의 밧줄을 끊어내려 했지만, 밧줄이 두껍다 보니 자르는 게 쉽지 않았다. 또 간신히 밧줄을 하나 끊으면 또 다른 작살이 날아와서 배에 꽂혔다.

"당장 펌프 작동시켜요!"

카니쉬가 소리치자 칼라가 급히 압축기로 달려갔다.

"펌프! 펌프 켜요!" 카니쉬가 다시 소리쳤다.

이제 야만용들의 냄새를 맡을 수 있을 정도로 가까워졌다. 오랜 시간 갈아입지 않아 구질구질해진 옷, 안 씻은 몸, 이가 득실거리는 머리, 역겨운 숨결, 썩은 이와 잇몸 등에서 온갖 악취가 풍겼다.

제닌과 나도 칼을 쥐고서 밧줄을 끊어내는 걸 도왔다. 내가 밧줄 하나를 끊어내자 휙 소리에 이어 탕 소리가 귓가에 울렸다. 귀에서 2센티미터도 떨어지지 않은 곳에 칼이 날아와 꽂힌 것이다. 앞이 안 보이는 사람치곤 칼을 굉장히 잘 던진다는 생각이 들었다. 왠지 다음번에는 나를 맞힐 것 같았다.

시동이 걸린 압축기가 소리를 내기 시작했다.

"압축기를 최대 속도로 올려요!" 카니쉬가 소리쳤다.

칼라가 손잡이를 움직이자, 압축기가 크게 꿀렁거리는 소리를 내더니 이내 윙윙거리기 시작했다.

"됐어! 지금이야!"

카니쉬가 압축기의 흡입 호스 쪽으로 달려가서 호스를 잡았다. 그리고 다시 원래 자리로 뛰어갔다.

두 배가 충돌하면서 나무와 나무, 쇠와 쇠가 부딪쳤다. 야만용들은 이제 우리 위쪽으로 한 걸음 정도 떨어져 있었다. 흉기와 칼날의 녹슨 자국과 말라붙은 피가 보일 정도였다.

"지금이에요!" 카니쉬가 칼라한테 소리쳤다. "반대로!!"

칼라가 압축기 손잡이를 반대로 돌리자, 막대한 양의 물이 엄청난 수압으로 호스에서 뿜어져 나왔다. 마치 액체로 된 총알 같앉다. 카니쉬는 호스에서 뿜어져 나오는 물살에 휩쓸려 배에서 떨어지지 않도록 중심을 잘 잡고 있어야 했다.

물대포는 마치 망치로 휘두르는 것처럼 야만용들을 밀쳐냈다. 칼을 높이 들고 이미 우리 배의 갑판으로 발을 내디딘 자가 있었는데, 그의 가슴팍을 향해 물대포를 크게 한 방 쏘자, 뱃전 너머로 힘없이 날아가버렸다.

하지만 더 많은 야만용들이 우리 배로 넘어오려고 했다. 카니쉬가 두 명을 더 무찔렀고, 칼라는 갈고리로 한 명을 막았다. 제닌과 나는 배를 고정하고 있는 밧줄을 필사적으로 끊어냈다. 제닌이 마지막 밧줄을 끊기 위해 몸을 난간 밖으로 내밀었고, 나는 제닌을 꼭 잡았다. 제닌이 드디어 줄을 끊자 야만용들이 마구잡이로 욕을 퍼부어댔다.

"됐어요!" 카니쉬가 소리쳤다. "전속력! 전속력으로!"

칼라가 방향타를 잡으러 가는 동안, 카니쉬는 계속해서 야만용들을 향해 물대포를 쐈다. 칼라가 보조 엔진을 가동하자 우리 배가 속력을 내기 시작했다.

우리 뒤로 야만용들이 쫓아왔다. 그들은 넓적하고 납작한 부채 모양의 노를 공중에 대고 칼같이 맞춘 동작으로 빠르게 저었다.

하지만 우리는 그들을 따돌리는 데 성공했다. 야만용들이 마지막으로 포경포를 쐈지만 우리 배까지 닿지 못했다. 얼마 지나지 않아 야만용들이 욕하는 소리도 거의 들리지 않았다. 그들의 배는 어둠 속의 그림자처럼 멀어져갔다.

카니쉬가 압축기를 끄고 물탱크를 확인했다.

"괜찮아요?" 칼라가 물었다.

"다 비었네요. 구름을 더 찾아야겠어요." 카니쉬가 답했다.

물을 잃긴 했지만 시력과 생명을 지킨 것에 비하면 소소한 것이었다. 목숨은 하나뿐이지만 구름은 언제나 구할 수 있기 때문이다. 구름은 언젠가 반드시 나타난다. 얼마나 기다려야 하는가가 문제일 뿐.

29

포경선

어둠의 제도 사이의 길고 긴 항로를 벗어난 지 얼마 되지 않아, 어떤 희미한 형체가 우리 쪽으로 움직이는 게 보였다.

아직 빛에 눈이 완전히 적응하지 않아 우리는 눈을 가늘게 뜨고 그것을 지켜봤다. 그런데 그것은 우리가 바라던 구름층이 아니었다. 바로 포경선이었다.

제닌이 그걸 제일 먼저 발견했다.

"저건 공선(배 안에 수산물 가공 설비를 갖춘 어선:옮긴이)이야. 저기 뱃머리 모양 보이지?"

포경선은 굉장히 큰 하늘배다. 이 배는 두 개의 거대한 돛과 이슬처럼 반짝이는 수많은 태양전지판을 이용해서 움직인다. 앞쪽 갑판에 두 개의 커다란 포경포가 단단히 장착되어 있어서 무역선보다는 전투함 같아 보였다.

하지만 놀라운 것은 배가 아니었다. 배의 왼쪽과 오른쪽 가장

자리에 두 마리의 죽은 고래가 매달려 있었는데, 작살에 찔린 듯한 붉은빛 상처가 선명히 나 있었다. 포경선이 이 하늘고래들을 죽인 것이다. 그리고 포경선 앞에는 또 다른 하늘고래가 쫓기는 것도 모른 채 유유히 헤엄치고 있었다.

"학살자들이야." 카니쉬가 담담히 말했다.

우리는 포경선이 사냥감에 근접해 가는 모습을 넋을 놓고 지켜봤다. 우리 배보다도 덩치가 큰 하늘고래는 아무것도 모르는 듯해맑게 떠다니고 있었다.

"저 사람들은 대체 왜 저런 짓을 하는 거죠?" 내가 물었다.

"기름, 고기, 지방, 연료." 카니쉬가 답했다. "대체품이 넘치게많지만 저게 저들의 전통이야. 고래잡이 섬들은 문명화가 되지않았거든."

카니쉬의 입에서 이런 말이 나오다니, 의외로 멋진 사람이라는생각이 들었다.

구름사냥꾼들은 천성적으로 동물에 애착과 연민을 갖고 있다. 어쩌면 고래와 구름사냥꾼은 공통점이 있는지도 모른다. 자유롭게 태어났지만 쉽사리 핍박의 대상이 되며, 가끔 그 자유로움 때문에 시기와 증오를 받기도 한다.

포경선은 우리를 무시하고 지나갔다. 우리 배는 그 배에 비하면 피라미였다.

포경선의 상갑판에서 두 명의 남자가 앞으로 나오더니 포경포의 덮개를 치웠다. 포경포는 마치 작은 미사일 발사대 같았다. 선원들은 작살을 총열에 채우고 연결된 밧줄을 확인했다.

"우리가 어떻게 하면 돼? 저들을 막을 순 없는 거야?"

"별수 없어." 제닌이 말했다. "아니면…." 그러고는 조타실로 사라졌다.

1분도 지나지 않아 제닌이 돌아왔다. 그사이 포경선의 저격수는 포경포 뒤에 서서 발사 명령만을 기다리고 있었다.

"뭘 갖고 온 거야?"

제닌은 작은 소화기만 한 통을 들고 있었다. 붉은색 노즐이 뿔처럼 나와 있었다. 그리고 제닌은 노란색 귀마개를 하고 있었다.

"그게 뭐야?"

"손가락으로 귀 막아."

"뭐?"

"귀먹지 않으려면!"

카니쉬와 칼라는 이미 귀를 막고 있었다. 그래서 나는 더 묻지 않고 그들과 똑같이 했다.

포경선의 대형 스피커에서 명령을 내리는 소리가 크게 울렸다.

"준비, 조준…."

그다음에는 고막이 거의 찢어질 뻔했다.

제닌이 들고 있던 통은 압축 공기 사이렌이었다. 사이렌을 작동하자 높은 데시벨의 소리가 고통스러울 정도로 크게 울려 퍼졌다. 한 번으로는 만족스럽지 않은지 제닌은 다시 사이렌을 울렸다. 그리고 또 울렸다.

사이렌 소리가 처음 울려 퍼지자 하늘고래가 속도를 늦추더니 호기심 어린 눈으로 주변을 살폈다. 두 번째 사이렌 소리를 들은 고래는 당황하기 시작했다. 그리고 세 번째 사이렌이 울리자 그제야 머리를 숙이고 폐에 찬 모든 공기를 내뱉어 부력을 없앤 뒤 잠수했다.

좀 더 정확히 말하자면 하늘고래는 직활강하듯 아래로 내려갔다. 순식간에 저 밑까지 내려갔고 하늘고기 크기만 해졌다. 그리고 거기서 다시 수평으로 헤엄치며 유유자적 떠다녔다.

포경선이 우리를 향해 큰 소리로 욕설을 퍼부었다. 하지만 저들이 뭘 할 수 있을까? 제닌은 아무 잘못도 하지 않았다. 그저 우리의 비상 사이렌을 시험해봤을 뿐이다.

그렇지만 안전을 위해 카니쉬가 태양전지판의 덮개를 열었고, 우리는 포경선으로부터 멀리 떨어졌다. 얼마 되지 않아 배는 작살의 사정거리를 벗어났다. 혹시라도 저들이 나쁜 마음을 먹을 수 있으니까.

"저들은 이미 하늘고래를 두 마리나 잡았잖아." 제닌이 말했다. "그것만으로도 나쁜 짓을 한 거야. 도대체 얼마나 먹으려고 저러는 걸까?"

칼라는 방향타를 잡았고, 카니쉬는 갑판 위 자기 자리로 가서 알 수 없는 표정으로 텅 빈 푸른 하늘을 쳐다봤다. 그게 카니쉬가 가장 좋아하는 취미 활동이었다. 바로 구름 보기.

새로운 구름을 찾아서 물을 수확하기까지는 꼬박 하루가 걸렸다. 그때 우리의 여정은 하루 반 정도 밀린 상태였다. 카니쉬는 몇 시간 후 물의 '냄새'를 맡았다. 하지만 그걸 찾기까지 또 얼마간의 시간이 걸렸다. 정말 카니쉬가 물의 냄새를 맡았던 것인지, 아니면 그냥 찍었는데 운이 좋았던 것인지는 알 수 없었다.

우리가 발견한 구름층은 짙고 차가웠다. 구름 속으로 들어서자마자 제닌과 나는 압축기를 작동시켰다. 물탱크가 천천히 다시 채워졌다. 할 일이라곤 기다리는 것밖에 없었다.

"우리 어떻게 해?" 내가 물었다.

"언제를 말하는 거야?"

"글쎄, 지금? 탱크를 다 채우면 말이야."

"물을 팔러 갈 거야. 반대자들의 섬으로."

"그런 뒤에는?"

"금단의 제도로 가서 아빠를 찾아 구출해야지."

"정확히 어떻게 하는 건데? 네 아빠를 구하는 거 말이야. 쉽지 않을 거란 생각은 안 해봤어?"

"쉬울 거라고 생각하지 않아. 우린 그 어떤 것도 쉽다고 생각하지 않거든."

그렇게 말하고 제닌은 물탱크의 압력을 확인하러 갔다. 나는 제닌을 따라갔다.

"제닌, 넌 문제를 제대로 직시하지 못하고 있어. 그러니까 내 말은, 정확히 어떤 방법으로 큐난트 섬에 배를 정박할 거냐는 거야.

그 사람들 몰래 섬 안으로 들어갈 방법이 있어? 누가 봐도 이방인이 뻔한데 우리가 걸어 다니는 걸 아무도 모를 것 같아? 네 아빠를 찾아 감옥에서 도망치는 걸 보고 아무도 뭐라고 안 할 것 같아? 아빠가 어디에 잡혀 계신지 알기는 하고?"

제닌이 특유의 차갑고 무심한 눈빛으로 나를 쳐다봤다. 마치 또 한 번 나는 외부인일 뿐이고 앞으로도 그럴 것이라고 말하는 듯했다.

"걱정 마. 넌 위험한 일은 전혀 안 해도 되니까. 그냥 배에서 기다리면서 아무도 배에 타지 못하게만 하면 돼. 우리가 돌아오면 곧바로 도망칠 수 있도록 준비만 하면 돼."

"섬사람들이 배로 쳐들어올지도 모르잖아."

"그 사람들이 뭐하러? 넌 아무 짓도 안 했는데. 네가 섬에 발을 딛지만 않으면 그들은 너한테 아무 짓도 하지 않아."

"네 아빠를 구출해서 도망갈 때는 그 사람들이 쫓아올 거 아냐?"

"그러겠지."

"그럼 어떡해?"

"따돌려야지."

"만약 그렇게 못 하면?"

"싸워야지."

"싸워서 우리가 지면? 그럼 교수형을 당할 텐데."

제닌이 웃었다. 얼굴에 난 흉터 때문에 제닌은 항상 비웃는 것처럼 보였다.

"크리스찬, 넌 항상 뭔가 잘못되기를 기다리는 것 같아. 넌 걱정이 너무 많아."

"완벽하게 준비하려고 그러는 거지."

"아, 보이스카우트가 따로 없네!"

"최선을 바라지만, 최악에 대비하려는 것뿐이야." 나는 아빠의 격언을 인용했다. "내가 보기엔 상황을 합리적으로 파악하는 것 같은데."

"알겠어. 그럼 우리도 그러도록 할게." 제닌이 수량계를 두드렸다. "탱크가 다 찼네. 압축기를 꺼도 되겠어."

제닌의 말대로 물탱크가 가득 차서 호스로 물이 흘러 나왔다. 배는 바닥짐이 두둑하게 채워진 것처럼 다시 무거워졌고 균형이 잘 맞았다.

"좋았어. 이제 반대자들의 제도로 출발하면 돼. 그런데 너, 중간에 내려줄까?"

"아니, 반대자들의 제도로 가보지 뭐. 어차피 한 번뿐인 인생이잖아."

"맞는 말이네."

적어도 우리는 그 점에 동의했다.

30

성년식

나는 반대자들의 제도에 사는 사람들에 대한 온갖 특이한 얘기들을 들었다. 반대자들은 일을 많이 하지 않고, 그마저도 느릿느릿 하는 걸로 명성이 자자했다. 간단히 말하자면, 우리는 그들이 긴 머리 휘날리는 게으른 무정부주의자로, 모든 종류의 권위를 싫어하고 오직 즐거움만을 좇는다고 믿고 있었다.

그런데 반대자들의 제도에 가까워지자, 혼란스럽고 황폐한 곳일 거라는 나의 예상과 달리 단정하게 가꿔진 집들이 줄지어 있는 모습이 보였고, 다양한 생활의 흔적들 역시 곳곳에서 볼 수 있었다. 부둣가에는 그물망들이 얌전히 개켜져 있고, 갑판이 정갈하게 정리된 트롤선은 새롭게 페인트칠이 되어 있었다. 다른 섬들과 다를 바 없이 모든 게 질서정연했고 생기가 흘러 넘쳤다.

이렇게 보면 사람 사는 모습이란 어디나 별반 다를 게 없다. 그런데도 사람들이 무엇을 믿느냐에 따라 엄청난 차이가 나는 건

왜일까? 왜 사람들은 그토록 믿음을 가지고 싸우는 걸까? 고작 사상의 차이 때문에 살인을 저지르기도 하고, 그런 행위에 온갖 정당성을 부여한다. 자신과 뜻을 같이하지 않는 신념, 사상, 견해를 참아내는 것이 아마 세상에서 가장 어려운 일인가 보다.

"어이! 구름사냥꾼들!"

우리 앞 하늘에는 아무것도 없었다. 그런데 고개를 돌리니 배한 척이 우리한테 접근하는 게 보였다.

태양광발전으로 움직이는 하늘배는 하늘고기 떼가 움직이는 소리가 더 클 정도로 소음이 거의 나지 않는다. 그 배는 눈에 띄지 않게 소리 없이 우리 곁으로 다가왔다. 만약 그 배에 야만용들이 잔뜩 있었다면, 우리는 이미 목이 잘려 나갔을 것이다.

다행히 그 배에는 낯익은 얼굴들이 있었고, 나는 그들을 보자마자 한눈에 알아볼 수 있었다. 구름사냥꾼들이었다. 그들은 키가 컸고 피부는 까무잡잡하게 그을렸으며 체격이 다부졌다. 몸에는 문신이 새겨져 있고 목, 팔목, 팔뚝에는 장신구와 팔찌가 주렁주렁했다.

"카니쉬!"

카니쉬를 반갑게 부른 남자는 카니쉬만큼이나 험상궂어 보였다. 흰 치아, 칼, 문신, 흉터 그리고 배 돛대에 새겨진 표시까지 말이다.

"엘다! 잘 지냈어?"

배 위에는 성인 남녀와 아기, 여자애, 그리고 내 또래로 보이는 남자애까지 모두 다섯 명이 있었다. 나는 남자애의 생김새가 마음에 들지 않았다. 남자애도 내가 마음에 들지 않는 게 분명했다. 나는 그 애가 제닌을 보며 웃는 게 거슬렸다. 제닌이 딱히 관심 있어 하진 않는 것 같았다. 하지만 질투할 명확한 근거가 없다고 해서 질투를 멈출 수 있는 건 아니다. 오히려 근거가 부실할수록 질투라는 괴물은 더욱 강해지는 법이다.

남자애는 어딘가 다른 점이 있었다. 나는 그게 무엇인지 알아 차렸다. 제닌이나 다른 어른들과 달리, 그 애의 얼굴에는 흉터가 없었다. 그 배가 우리를 급히 따라잡은 건 그 때문이라는 걸 우리 는 곧 알게 되었다.

구름사냥꾼은 일반적으로 일을 할 때는 친목 도모로 시간을 낭비하지 않는다. 여유가 있을 때나 부둣가에서 한가로이 시간을 보낼 때를 빼면 말이다. 그럴 때는 느긋하게 이야깃거리와 소식 을 전달하고 교환한다.

하지만 제아무리 일이 바쁘다고 해도 관습과 관례는 우선시되 는 법이다. 일이 있든 없든, 전통은 그 무엇보다도 우선시된다.

상대편 배가 멈추면서 우리 배에 덜컥 부딪쳤다. 배들이 움직 이지 않도록 고정한 후, 엘다라는 남자는 급히 우리 배를 따라온 이유가 있다며, 바로 '증인'을 위해서라고 했다. 그러자 칼라와 카 니쉬는 당장 그쪽 배로 넘어가겠다고 했고, 우리는 그렇게 했다.

인사를 나눈 뒤 그들은 이런저런 대화를 했다. 날씨, 거래, 물

가격, 요즘은 어디서 좋은 구름을 찾을 수 있는지 등등. 또 서로 아는 사람들의 출산, 결혼, 투병, 죽음에 대한 얘기도 했다.

마침내 그들은 본론에 들어갔다.

"그래, 아들이 벌써 이렇게 컸어?" 카니쉬가 말했다.

"3일 전에 그 나이가 됐어. 그리고 증인이 되어줄 만한 구름사냥꾼을 만난 건 자네들이 처음이야. 만약 자네들이 해준다면 말이지."

"당연히 해야지. 영광이군." 카니쉬가 고개를 끄덕였다.

나는 그들이 무슨 얘기를 하는 건지 알 수 없었다. 하지만 짐작 가는 바는 있었다. 엘다의 아들은 마치 이 뽑기 전처럼 애써 무섭지 않은 척했지만, 완벽히 두려움을 감추지는 못했다.

엘다의 아들 이름은 알랭이었다. 제닌은 알랭과 조종대 부근에 나란히 서 있었는데, 알랭한테 뭔가를 설명하고 있었다. 손으로 자기 얼굴을 가리키더니 손가락으로 흉터를 훑어 내렸다.

알랭의 엄마가 알랭한테 녹차를 한 대접 갖다 줬다. 나는 알랭의 엄마가 차를 준비할 때 투명한 액체가 담긴 약병을 열고 차 속에 넣는 걸 봤다. 그건 아마 마취제나 진통제일 것이다.

그리고 다시 짧은 대화가 오고 갔다. 아마 마취제의 효과가 나타날 때까지 시간을 끌려는 계산된 행동이었던 것 같다. 잠시 후 얘기가 멈췄고, 엘다가 배의 가운데로 가서 대사를 읊듯 말했다.

"증인이 되어준 친구들이여…"

그는 극적인 효과를 위해 무대 위 배우처럼 잠시 뜸을 들였다.

"알랭…."

엘다가 손짓하자 알랭이 아빠가 있는 돛대로 갔다.

갑판에 있는 화로에는 장식이 화려하고 상감무늬 손잡이가 달린 칼이 놓여 있었다. 뜨거운 석탄불에 칼날이 달궈지고 있었다.

"친구들이여…" 엘다가 다시 입을 열었다. "오늘은 우리의 아들이 성년의 길로 들어서는 날일세. 여기 자네의 딸이…" 그러고는 칼라를 봤다. "성년의 길로 들어선 것처럼."

칼라가 꽤나 진지하게 고개를 끄덕였다.

"오늘부로 어린 시절 사소했던 일들은 모두 뒤로하고 운명이 이끄는 길로 접어들게 되었네. 여기 자리를 빛내기 위해 와준 친구들과 이방인 앞에서, 알랭은 구름사냥꾼 사회의 일원이 되었네."

칼라와 카니쉬가 고개를 더욱 크게 끄덕이고는 이런 기념비적인 순간에 초대받아 영광이라고 말했다.

알랭이 돛대에 기대서서 하늘을 향해 얼굴을 들었다.

알랭의 아빠가 화로로 손을 뻗어 칼을 집어 들었다. 뾰족한 칼날이 붉게 빛났다.

알랭의 여동생이 울기 시작했다. 엄마가 아이를 들어 안아주었다. 요람 속의 아기는 코를 킁킁거리며 자고 있었다.

알랭이 눈을 질끈 감았다. 엘다가 칼을 물이 담긴 대야에 담갔다. 쉭쉭 소리와 함께 지글거리며 열기가 올라왔다.

"두려워하지 마, 알랭." 알랭의 엄마가 말했다.

이윽고 엘다가 칼을 들어 아들의 얼굴에 갖다 댔다.

"움직이면 안 된다."

그러고는 아들의 왼쪽 광대뼈 위에 칼끝을 댔다.

알랭이 움찔했지만 울진 않았다. 그 애는 눈에 띄게 입을 꽉 다물고 있었다.

엘다가 천천히, 그리고 정확하게 칼을 아래로 그어서 아들의 입가까지 내렸다. 칼날이 지나간 자리에 붉은 줄이 그어졌다. 마치 칼이 섬세한 붓이 되어 선을 그린 것만 같았다. 하지만 붉은 점들이 얼룩덜룩 번졌다가 이내 방울방울 얼굴을 타고 흘러내리면서 줄이 급격히 우둘투둘해지기 시작했다.

그래도 알랭은 신음조차 하지 않았다. 엘다가 칼을 대야에 넣고 씻는 동안에도 알랭은 눈을 감은 채 입을 꾹 다물고 있었다.

엘다가 다시 아들의 오른쪽 눈 밑에 칼을 갖다 대고 이 과정을 반복했다. 내가 봐도 꽤 잘생긴 얼굴에 보기 싫은 흉터가 두 개나 깊게 새겨지고 말았다.

어떻게 저럴 수 있을까? 그것도 자기 아들한테?

아들에게 성년식을 치러주지 않는 것이 엘다에겐 더 큰 범죄로 여겨질 것이다. 흉터를 새겨주지 않으면 아들은 구름사냥꾼 사회에서 추방되어 떠돌이가 될 것이기 때문이다. 하지만 날카로운 칼날을 아들의 얼굴에 들이밀고 저런 흉터를 만든다는 것은 너무도 잔인하고 야만적으로 보였다.

알랭은 이제 피범벅이 되었다. 마치 붉은 피눈물을 흘리며 오열

하는 것 같았다. 피는 알랭의 얼굴에서 떨어져 허리띠까지 흘러내
렸다.

"다 했다. 아주 잘했어." 엘다가 말했다.

알랭이 눈을 떴다. 그리고 미소를 지었다.

알랭의 엄마가 천으로 아들의 얼굴을 닦아주며 지혈을 했다.

엘다가 자랑스럽고 기쁜 마음에 아들을 안았다. 카니쉬와 칼라
와 제닌이 박수를 보냈고, 나도 자연스럽게 축하 행렬에 동참했
다. 솔직히 말하면 속이 약간 안 좋았지만.

칼라가 우리 배로 넘어갔다가 잠시 후 뱀이 감겨 있는 팔찌를
가져와서 알랭한테 선물했다. 칼라한테 감사 인사를 한 뒤 알랭
은 그것을 팔목에 끼웠다.

한편, 알랭의 엄마는 아들의 머리를 뒤로 젖히고는 얼굴의 양쪽
상처에 약초와 향료가 섞인 듯한 연고를 발라줬다.

"상처가 아물면서 살이 다시 붙지 않을까?"

"저 약을 상처 속에 넣어주면, 빨리 아물기도 하고 흉터를 검게
만들기도 해." 제닌이 답했다.

나는 제닌의 얼굴에 난 흉터를 봤다. 그러자 제닌도 나를 뚫어
져라 쳐다봤다.

"다음은 네 차례인가? 구름사냥꾼이 되고 싶다면 말이야."

하지만 내가 뭐라고 대답하기도 전에 제닌은 알랭한테 가버렸다.

알랭이 막연히 부러웠다. 나도 얼굴에 저런 상처를 만들고 싶
은 건 아니었다. 하지만 내 얼굴에도 저들처럼 흉터가 있다면 제

법 거칠고 멋져 보이고, 사람들의 관심도 받지 않을까 하는 생각이 들었다. 물론 엄마가 보면 심장마비로 쓰러지겠지만.

"자, 친구들…."

모든 의식이 끝나자, 카니쉬가 간단하게 작별 인사를 했다. 그들은 서로 악수와 포옹을 하며 또 보자고 했다. 사냥 잘하라는 말과 함께 서로에게 행운을 빌었다.

알랭이 나한테 다가와서 악수를 청했다. 알랭의 얼굴에 흐르던 피는 멈췄다. 하지만 입가까지 이어진 흉터와 그 안에서 말라가고 있는 약초 연고 때문에 알랭이 낯설고 무시무시해 보였다.

떠날 때가 되자, 나는 알랭한테 더 이상 악감정이 느껴지지 않았다. 하지만 제닌이 지나치게 그 애한테 관심을 갖는 건 마음에 들지 않았다. 알랭은 흉터 덕분에 더욱 멋져 보였다. 알랭은 확실히 나보다 유리한 위치에 있었다. 따라서 나는 나만의 방법을 찾아야 했다.

그날 늦게 식사를 마치고 갑판에 앉아 있는데, 제닌이 나한테 몸을 돌렸다.

"크리스찬, 아까 너 질투했었지? 네 눈빛에서 알 수 있었어."

"아니, 그런 거 아니야. 뭣 때문에 질투를 해?"

"알랭의 흉터."

"뭐, 어쩌면…."

"너한테는 흉터가 없어서 다행이야."

"정말?"

"응. 네 얼굴은 지금 이대로가 멋지거든."

"보완할 부분은 없어?"

제닌이 웃었다.

"물론 보완할 부분은 있지."

"그럼 노력해볼게."

"그래, 그렇게 해."

제닌이 재밌다는 듯 다시 웃었다. 하지만 나는 뭐가 그렇게 웃긴지 알 수 없었다.

"아, 크리스찬."

"왜?"

"아니야, 아무것도. 넌 변하려고 하지 마. 넌 지금 모습 그대로가 멋있거든."

"너도. 너도 마찬가지야."

"칭찬 고마워. 그게 바로 네가 사람을 사로잡는 방법이지?"

가끔은 도대체 뭐라고 대답해야 할지 알 수 없는 질문을 받을 때가 있다. 무슨 말을 하고 싶은지 머릿속으로는 알고 있지만 생각대로 말이 나오지 않는다.

인생은 참 복잡하다.

31

반대자들의 제도

반대자들의 제도는 행성 주변에 있는 위성들처럼 커다란 중심 섬을 가운데 두고 퍼져 있다. 우리가 향하고 있는 중심 섬에 반대 자들이 가장 많이 살고 있다. 이곳에는 다른 곳에는 적응하지 못 하는 사람들이 산다. 오른손잡이만 사는 섬에서 날아온 왼손잡 이들이 있는가 하면, 반대로 왼손잡이만 사는 섬에서 쫓겨난 오 른손잡이들도 있다.

왜 왼손잡이들은 환영받을 수 있는 왼손잡이만 사는 섬으로 가 지 않는 걸까? 마찬가지로 오른손잡이들은 왜 오른손잡이만 사 는 섬으로 가지 않는 걸까? 그 이유는 바로 다름이 인정되는 곳 에서 살고 싶기 때문이다.

배가 정박할 때, 나는 부둣가에서 불안한 기운을 감지했다. 섬 의 남자들과 여자들이 하던 일을 멈추고 우리가 다가오는 걸 지 켜봤다. 남자 한 명은 건물로 들어가 석궁을 들고 나왔고, 다른 사람들은 곤봉이나 막대기를 들고 나타났다. 반대자들이 관용을 베푸는 사람들이라고 해서 스스로를 지켜낼 힘이 없다는 뜻은 아니다.

하지만 그들은 곧 배를 알아봤고, 카니쉬가 큰 소리로 인사하자 곧바로 무기들을 치웠다.

그들의 얼굴이 보일 만큼 가까워지자, 나는 그들의 피부가 퍼석하고 입술이 갈라진 걸 볼 수 있었다. 그리고 항구 벽에는 경고문이 적혀 있었다.

피 같은 물을 낭비하지 말 것.

그들에게 우리의 방문은 분명 보통 기쁜 일이 아닐 것이다. 반대자들의 제도에서는 구름이 매우 적게 형성되고, 비도 거의 내리지 않는다. 게다가 그들이 갖고 있는 수증기 압축기는 낡은데다 고장도 잦다.

배에서 내리니 발밑에 단단한 땅이 느껴지는 게 반가웠다. 다만 그동안 오래 항해한 터라 배를 타고 있는 듯한 기분은 쉽사리 사라지지 않았다. 나는 제닌한테 잠시 산책을 하면서 섬 구경을 시켜달라고 했다. 카니쉬와 칼라는 반대자들과 거래 중이었다.

우리는 항구를 벗어나 울퉁불퉁한 길을 따라 걷다가 반대자 마을 위에 있는 언덕으로 갔다. 거기서는 섬 전체가 내려다보였다. 항구와 선박들, 그리고 먹을거리가 자라는 반짝이는 유리 온실들이 보였다.

"제닌, 내가 생각한 게 있는데 말이야."

"또? 이번엔 뭔데?"

"네 아빠와 금단의 제도에 대해 생각해봤어."

"미안해. 우리가 가는 곳을 너한테 미리 말 안 한 건 분명 잘못이야."

"아니, 괜찮아. 너랑 같이 갈 거야. 가고 싶어."

"그럼 네가 생각했다는 게 뭐야?"

"우리가 거기에 도착한 다음 내가 배에만 있는 게 옳은 일인가 싶어서."

제닌이 놀란 듯 나를 쳐다봤다.

"우리랑 같이 섬에 들어가면 넌 교수형에 처해질지도 몰라."

"그래. 그럴지도 모르지. 그런데 이렇게 생각해봐. 너나 네 엄마랑 카니쉬는 단번에 누군지 티가 나잖아. 얼굴만 봐도 딱 알겠지."

"그래서 우린 얼굴을 가릴 거야."

"그래. 그런데 난 흉터가 없잖아. 나한테는 쉽게 싸움을 걸지 않을 거야. 그러니까 내가 같이 가면 어떻겠냐는 거지."

제닌이 걱정스러운 듯 쳐다봤다.

"왜 우리를 위해 그렇게까지 하려는 거야?"

"그냥 돕고 싶어서. 친구처럼 말이야."

"크리스찬, 우린 구름사냥꾼이야. 우리한테 진정한 친구는 우리 같은 사람들밖엔 없어."

제닌이 돌투성이 길을 내려가기 시작했다.

"하지만 나도 너랑 같은 사람인걸. 결국 우린 다 똑같은 거 아니겠어?"

제닌이 멈춰 서더니 나를 향해 몸을 돌렸다.

"아니, 그렇지 않아. 네가 사는 세상은 우리 세상과 너무나 달라. 넌 무엇이든 될 수 있잖아. 너에겐 무한한 가능성과 선택지가 있어. 하지만 나한테는 뭐가 있지? 운명뿐이야. 선택의 여지 없는 그런 운명 말이야. 그걸 모르겠어?"

"내가 싫으면서 왜 나를 데려온 거야? 친구도 아닌데?"

제닌이 한숨을 쉬었다. 하지만 뒤따라오는 나를 기다렸다.

"크리스찬, 네가 싫다고 한 적 없어. 어쩌면 너를 너무 좋아하는 걸지도 모르겠어. 그래서 이렇게 힘든 건가 봐."

그 말을 끝으로 우리는 아무 말 없이 배로 돌아갔다.

어쩌면 구름사냥꾼에겐 친구가 없다는 제닌의 말이 맞을지도 모르겠다. 하지만 친구가 없는 건 나도 마찬가지였다. 그러니까 적어도 우리에겐 이런 공통점이 있는 것이다.

배로 돌아가니, 부둣가에 있는 저장 탱크가 다 채워져 있었다. 칼라와 카니쉬는 심각한 표정으로 여전히 반대자들과 흥정하고 있었다. 물을 담기 전에 어떤 식으로든 협의했겠지만, 물을 채우고 나니 다시 협상에 들어간 것이다. 물값을 최대한 많이 받으려고 말이다. 심지어 카니쉬는 다시 배로 물을 가져가겠다고 협박하기까지 했다.

마침내 그들은 가격에 합의했고, 서로 악수를 나눴다. 돈이 오 갔고, 온실에서 키운 과일과 채소 상자가 배에 실렸다.

하지만 구름사냥꾼들은 서둘러 떠나려 하지 않았다. 우리는 반 대자들과 함께 마을로 가서 카페 테이블에 앉아 제대로 된 식사 를 했다. 테이블은 위아래로 흔들리지 않았고, 음식도 하늘고기 가 아니었다. 그동안 물 위에 떠 있는 코르크마개처럼 열기포에 의해 끝없이 위아래로 흔들리는 배에 얼마나 익숙해졌는지를 알 수 있었다.

식사를 마치고 배로 돌아가는 길에, 카니쉬가 어떤 가게 앞에 멈춰 섰다. 그리고 잠시 후 만족스러운 미소를 지으며 작은 꾸러 미를 들고 나타났다. 배에 도착해서 카니쉬가 꾸러미를 푸니, 그 안에는 새 칼이 들어 있었다. 그 칼은 빵을 자르는 용도라기보다 는 목을 베고 인대를 끊어버리는 용도에 적합해 보였다. 카니쉬 가 시범 삼아 칼을 던지자, 탕 하고 돛대에 칼이 박혔다. 카니쉬 는 만족스럽다는 듯 고개를 끄덕였다.

우리는 햇볕을 피하기 위해 갑판에 매달아놓은 캐노피 밑에서 잠시 쉬었다. 그러다 한 시간 정도 잠이 들었던 모양이다. 눈을 떠보니 누군가가 던져준 듯한 이불을 덮고 있었다. 공기는 차가 워졌고, 주변은 떠날 채비가 한창이었다.

부둣가에는 이제 아무도 없었다. 마치 섬 전체가 잠이 든 것 같 았다. 우리는 밧줄을 풀고 소리 없이 텅 빈 하늘로 빠져나왔다.

얼마 후 우리는 구름층으로 들어갔다. 나는 카니쉬와 칼라가 배를 멈추고 압축기를 켜서 탱크에 물을 가득 채울 거라고 생각했다. 하지만 아니었다. 그들은 구름층을 통과하면서 적당한 양의 물만 모았다. 아마 배를 되도록 가볍게 해서 무언가로부터 쫓기는 상황이 닥치면 쉽게 도망치기 위해 그런 게 아닌가 싶었다.

우리 앞에 있는 점들이 점점 커지더니 섬으로 변했다. 나는 쌍안경으로 섬들의 모양을 살피면서 그것이 하늘지도에서 무엇을 나타내는지 찾아냈다. 마침내 금단의 제도에 도착한 것이다.

금단의 제도에 가까워지자 항구에 있는 표지판이 더 잘 보이기 시작했다. 우리는 선택의 섬을 지났다. 그리고 신성의 섬, 주인의 섬, 수배의 섬, 선택의 섬, 정의의 섬, 모자 쓴 머리의 섬 등 계속해서 섬들을 지나갔다.

각 섬의 표지판 옆에는 섬의 소속과 섬에 대한 충성 서약이 적혀 있었고, 어떤 표지판에는 목숨이 위험할 때를 제외하고 섬에 발을 들여서는 안 되는 자들에 대해 적혀 있었다. 어느 섬을 지날 때 보니 '백인 금지'라고 적혀 있었고, 다음 섬에는 '흑인 금지'라고 적혀 있었다. 그리고 세 번째 섬은 '갈색 인종 금지'라고 되어 있었다. 왼손잡이 금지, 오른손잡이 금지, 술꾼 금지, 금주가 금지, 대머리 금지, 모자 금지, 개 금지, 게다가 '구름사냥꾼 금지'라고 적힌 섬도 있었다.

이 섬들의 주변 공기는 원한과 편견으로 가득 차 있었다. 꼭 싸움을 갈망하며 반항적인 이방인이 찾아와 자신들의 믿음을 부정해주기만을 기다리는 것 같았다. 그러면 그들을 개종시키거나 순교자로 만들 수 있으니 말이다. 금단의 제도 사람들은 자신들이 옳다는 걸 믿는 것만으로는 충분하지 않은 듯했다. 그보다는 남이 잘못됐다는 걸 증명하는 것을 더 중요하게 생각하는 듯했다.

우리는 금단의 제도 중심에 있는 큐난트 섬을 향해 나아갔다. 그리고 얼마 후 그 섬이 우리 앞에 보이기 시작했다.

"저기야." 제닌이 말했다. "한번 봐봐."

제닌이 건네준 쌍안경으로 보니 섬의 모습이 또렷하게 보였다. 섬 전체를 압도할 정도로 높은 언덕에는 거대한 교수대가 있었고, 어두운 그림자 속에 커다란 올가미가 매달려 있었다. 거기에 하늘고래도 매달 수 있을 것처럼 보였다.

32

교수대와 올가미

"사랑스러운 큐난트 섬이네." 제닌이 말했다. "저기가 바로 그 섬이야. 아빠는 저기 어딘가 지하 감옥에 갇혀 있을 거야."

나는 쌍안경을 움직여서 부둣가를 봤다. 항구 가장자리에 또 다른 교수대가 있었다. 거기에 매달린 올가미는 우리를 향해 항해를 멈추지 말고 그대로 지나가라고 경고하는 것 같았다. "정박할 생각은 꿈에도 하지 마!" 이렇게 말하는 듯했다.

"항구에 내리는 건 아니지?"

"아니야. 그랬다간 우린 1분도 안 돼 잡힐 거야."

카니쉬가 경로를 바꾸자 배가 섬으로부터 멀어졌다. 잠시 후 카니쉬가 방향을 또 바꿨다. 배는 연안과의 안전거리를 유지하면서 섬 주변을 맴돌았다. 사람이라곤 찾아볼 수 없는 험난한 하늘가와 셀 수 없이 많은 작은 동굴들이 보였다. 이곳은 밀수업자들의 천국이다. 위험을 무릅쓸 각오가 되어 있다면 말이다.

칼라가 속력을 줄였고, 우리는 열기포를 맞으며 이동했다.

"이제 어떻게 되는 거예요?" 내가 물었다.

"저들이 잠드는 시간까지 기다려야 해. 다들 조용해지면 섬에 들어갈 거야."

우리는 섬 주변을 떠다니면서 때를 기다렸다. 배가 섬으로부터 너무 멀리 벗어나면 칼라가 재빨리 속력을 올려서 섬 근처로 다시 다가갔다. 시간은 여유롭게 천천히 흘렀다.

마침내 때가 왔다. 우리는 황폐한 작은 동굴 속으로 미끄러지듯 들어갔다. 날카로운 바위 노출면을 피해 지나가는 게 쉽지 않았지만, 결국 밖에서는 보이지 않는 안전한 곳에 정박했다.

"이제 어떻게 해? 여기서 기다리면 돼? 아니면 내가 뭘 할까?"

제닌이 머리를 흔들었다.

"네가 한 말을 엄마하고 카니쉬 삼촌한테 했어. 네가 한 제안 말이야. 엄마랑 삼촌은 만일 네가 그렇게 하길 원한다면 같이 가자고 했어."

"당연하지. 갈 거면 어서 가자. 내 마음 변하기 전에 말이야."

"좋아. 어서 해치워버리자."

우리는 배를 동굴 속에 남겨둔 채 바위를 타고 절벽으로 올라갔다. 그리고 몇 킬로미터를 걸어 언덕으로 가려진 계곡 속에 있는 큐난트 도시로 향했다. 점점 가까워질수록 사방으로 뻗은 좁은 골목길들 때문에 더 어둡고 불길하게 보였다. 이 지역의 지도는 분명 잔뜩 엉킨 스파게티가 담긴 접시 같은 모습일 것이다.

밤이지만 사방이 훤했다. 이 섬에는 자연적으로 밤이 오지 않기 때문에 주민들은 캐노피, 그늘, 블라인드, 커튼, 덧문 등으로 빛을 막고 있었다. 우리는 말없이 조용히 걸어서 외곽에 있는 집들을 지났다.

도시에 들어섰을 때 빵을 굽는 냄새가 풍겼다. 제빵사를 제외하고는 모두가 잠들어 있는 것 같았다. 카니쉬, 칼라와 제닌은 망토에 달린 모자를 뒤집어써서 얼굴과 흉터를 감췄다.

"어디로 가야 하는지 알아?" 나는 제닌한테 물었다.

"카니쉬 삼촌이 알아. 여기에 와본 적 있는 사람들이 알려줬거든. 도시 중심부로 가면 지하 감옥이 있대."

우리는 큐난트 도시의 중심부로 이어지는 좁은 골목길을 조심조심 걸어갔다.

올가미만 아니면 여느 제도의 수도와 다를 바 없었다. 집집마다 창문이고 현관이고 행운(불운이려나?)을 비는 부적처럼 올가미가 매달려 있었다.

길가에 있는 사원들에도 올가미가 있었다. 어떤 사원에는 손이 묶이고 눈에 안대를 한 채 교수대에 매달려 있는 남자의 조각이 있었는데, 이런 문구가 화려하게 새겨져 있었다.

순교자 큐난트, 사랑의 큐난트가 우리의 안내자가 되어주시리.

"그런데 이 사람들이 실제로 믿는 게 뭐야?" 나는 걸으면서 제닌한테 속삭였다. "사람들을 매다는 거 말고 말이야."

제닌이 어깨를 으쓱했다.

"당연히 자기들이 옳다고 믿겠지."

"자기들의 무엇이?"

"전부 다. 천지창조부터 소소한 모든 것까지 자기들이 절대적으로 옳다고 생각하는 거지."

그러더니 제닌이 걸음을 재촉해 앞에 가는 카니쉬와 칼라를 서둘러 따라잡았다.

그들이 서두르는 데는 이유가 있었다. 큐난트족은 일찍 일어나는 사람들이었다.

곧 도시가 잠에서 깨어나 활기를 찾기 시작했다. 사람들이 문밖으로 나왔고, 도로에는 탈것들이 오갔다. 놀라운 것은 우리가 본 모든 사람이 목에 작은 올가미를 두르고 있다는 것이었다. 그들은 마치 넥타이처럼 그걸 목에 차고 있었다. 심지어 어린아이들조차.

기둥 주변에서 어떤 사람이 길게 꼬아놓은 끈을 발견한 카니쉬가 그걸 칼로 잘랐다. 그런 뒤 다시 네 조각으로 잘랐다. 카니쉬는 그것을 우리한테 한 조각씩 나눠줬고, 자기도 한 조각 들고 올가미 모양으로 만들어 목에 걸었다. 우리도 카니쉬가 한 것처럼 올가미를 만들어 목에 걸었다.

이제 길은 확실히 생기를 되찾았고, 하품하면서 일터로 가는 사람들로 북적거렸다. 노점과 상점도 하나둘 문을 열었다. 길을 오가는 사람들 역시 하나같이 올가미를 목에 걸고 있었다.

우리는 좁은 골목길에서 큰길로 나가는 모험을 감행했다.

비싼 옷을 입은 여자가 우리 쪽으로 다가왔다. 그 여자의 목에 걸린 올가미는 반짝이는 보석으로 장식되어 있었다. 그녀는 반대편에서 걸어오는 잘 차려입은 남자한테 우아하게 인사했다.

"좋은 아침이에요, 신도님."

"좋은 아침입니다, 신도님."

남자가 공중에 대고 올가미 모양을 그리듯 손짓하자, 여자도 그에 대한 답으로 똑같은 동작을 했다.

"올가미 모양이야." 제닌이 속삭였다.

우리는 사람들로 분주한 광장에 들어섰다. 돔과 첨탑이 있는 것으로 보아 모퉁이에 있는 건물이 사원인 것 같았다. 우리는 사원 안으로 슬쩍 들어갔다. 제일 안쪽에 제단이 있었고, 그 위 기둥에 금실과 은실로 단단히 얽힌 올가미가 매달려 있었다.

예배를 이끄는 사제 역시 목에 올가미를 두르고 있었다. 하지만 정성들여 엮어진 것이 면실로 된 신도들의 초라한 올가미와는 달랐다. 그리고 사제의 허리에는 또 다른 올가미가 허리띠처럼 둘러져 있었다.

모여 있는 사람들은 손에 올가미를 들고 있었다. 그 올가미는 매듭이 지어져 있어서 묵주처럼 보이기도 했다.

"형제여, 이제 간단하게 올가미의 역할에 대해 말하겠습니다."

사제가 말하자 사람들이 답했다. 제단 위의 올가미가 열린 창문 틈으로 들어온 바람에 흔들거렸다. 마치 올가미가 고개를 끄덕이는 것처럼 보였는데, 좋은 사람이 되라고 훌륭한 조언과 지혜의 말 그리고 경고를 해주는 것 같았다. 혹은 그 반대거나.

누군가 내 어깨를 쳤다. 제닌이었다. 카니쉬와 칼라는 이미 떠나고 없었다. 나는 제닌을 따라 다시 길거리로 나갔다.

도시는 시간이 갈수록 더욱 바빠졌고, 중심으로 갈수록 성대한 축제 준비가 한창임을 알 수 있었다. 여기저기에 간판, 광고판, 판매 홍보물이 있었다.

순례자 큐난트의 날을 맞아 새 올가미를 구입하세요.

큐난트의 날 기념 카드 판매 중.

위대한 교수형 기념 책자.

카니쉬가 걸음을 멈추더니 나한테 돈을 쥐여주었다. 그리고 상점 쇼윈도에 전시되어 있는 기념 책자를 가리켰다.

"안에 들어가서 하나 사 와."

시킨 대로 책자를 사서 나오자 카니쉬가 책자를 낚아챘다.

"아, 여기 있군⋯."

카니쉬가 '큐난트의 날 특별 이벤트' 페이지를 가리켰다. 그 페이지에는 '죄수 처형식'이라고 적혀 있었다.

"정오, 내일 정오예요." 칼라가 속삭였다.

"내일이라."

카니쉬가 목을 비틀어버리고 싶다는 듯 책자를 손으로 잡고 구겼다.

다행히 그날 아침 망토에 모자를 쓴 사람은 카니쉬, 칼라, 제닌만이 아니었다. 그런 차림의 사람들이 길거리에 아주 많았다. 이곳에서는 밖으로 나오면 머리를 가리는 게 유행인 듯했다.

덕분에 우리는 자연스럽게 사람들 속에 숨을 수 있었고, 사람들을 따라 도시 깊숙이까지 들어갔다.

33

수상한 거지

내일이 특별한 날이라는 걸 보여주는 흔적들이 갈수록 널려 있었다. 거리의 가게들에는 큐난트의 날 교수대 미니어처, 큐난트의 날 올가미, 큐난트의 날 열쇠고리, 큐난트의 날 배지, 큐난트의 날 모자, 큐난트의 날 펜, 큐난트의 날 연필깎이, 그리고 심지어 비 올 것에 대비해서 큐난트의 날 우산도 있었다.

빵집에는 큐난트의 날 기념 케이크와 롤빵, 크루아상, 베이글이 진열되어 있었다. 그런데 가까이서 보니 올가미 모양이 설탕으로 코팅되어 반짝이고 있었다.

마치 옛날에 있었던 크리스마스(내가 읽은 내용이 사실이라면)처럼 이곳은 축제 분위기로 한껏 들떠 있었다. 특별하고 신나는 일이 기다리는 그런 날 말이다. 분위기가 이렇다 보니 죄수 처형식이 내일의 하이라이트라는 걸 도무지 믿을 수가 없었다. 그 죄수들 중에는 제닌의 아빠도 포함되어 있을 것이다.

"저 사람들을 좀 봐." 제닌이 나한테 속삭였다. "미쳐도 단단히 미쳤어. 목에 올가미를 두르고 있다니. 저런 모습을 하고는 자기들이 정상인 척하잖아."

"하지만 정상이긴 한걸. 여기서는 말이야."

우리는 곧 중앙 광장에 도착했다. 왼편에 있는 대성당 안에서 성가가 들려왔다. 그리고 대성당 계단에 모인 초라한 행색의 거지들은 구걸하느라 바빴다. 그들은 반쯤 죽은 듯이 모자로 얼굴을 가린 채 누더기 뭉치처럼 앉아 있었다. 의기소침하고 불행하게 보여서 행인들로부터 동정심을 유발하려는 것이다.

"자비를 베풀어주세요, 신도들이여! 부디 가난한 자를 도와주세요! 제발 자비를!"

카니쉬가 거지들 중 한 명에게 동전을 튕겨주자, 그는 주린 배를 달랠 음식이라도 되는 듯 동전을 잽싸게 낚아채서 다른 거지들한테 뺏길세라 옷 속에 숨겼다.

광장 한편에서는 일꾼들이 망치를 뚝딱거리면서 교수대를 설치하고 있었다.

"네 아빠는 어디에 잡혀 계신 거야? 감옥은 어디 있어?"

"큐난트에 실제 감옥은 없어." 제닌이 답했다.

"감옥이 없다고?"

"시청 지하에 작은 공간이 몇 개 있어."

"왜 진짜 감옥이 없는 거야?"

"감옥이 필요할 만큼 범죄가 일어나지 않거든. 거의 일어나지 않지. 그래서 독방 몇 개면 충분해."

"왜 범죄가 없어?"

"왜일 것 같아? 내가 전에 말했다시피 처벌이 교수형 한 가지뿐이라 범죄가 없는 거야. 모두 범죄를 짓지 않기 위해 조심해."

"처벌이 하나라고? 그럼 쓰레기 투기도?"

"쓰레기 투기도 그래. 다 똑같아."

"그건 좀 심하다."

"여기서 쓰레기 버려진 거 본 적 있어?"

나는 주변을 둘러봤다. 쓰레기 따위는 보이지 않았다.

"네 아빠 말고 내일 처형되는 다른 사람들은 누구야?"

"이교도, 불신자, 범죄자. 시 당국은 이런 범죄자들을 교수형에 처하려고 잡아두는 거지."

"큐난트의 날에?"

"그래. 말하자면 축제를 성공적으로 치르려고."

나는 순간 이상할 정도로 화가 났고, 쓰레기를 땅바닥에 던져 버리고 싶은 욕구에 사로잡혔다. 그렇게 하면 내가 어떻게 될지 알고 싶어서. 사람들의 얼굴에 드리워질 분노와 충격을 보기 위해. 하지만 다행히 주변에는 던질 만한 종이가 없었다. 만일 있었다면 나는 분명 그렇게 하고야 말았을 것이다.

우리는 광장을 가로질러 시청으로 향했다. 커다란 메달처럼 시청 지붕에 반짝이는 도시의 문장 속에도 이곳과 떼려야 뗄 수 없는 교수대와 올가미가 그려져 있었다.

"이제 이디로 가?"

"그냥 따라와."

시청 뒤편으로 가니 바닥이 쇠창살로 된 곳이 있었다.

"여기가 바로 수감자들이 있는 곳이라고 보면 돼." 제닌이 속삭였다. "유죄 선고를 받은 사람들을 여기에 가둔다고 들었어."

"바로 이 밑이 지하 감옥이라고?"

"응. 이 밑에서 목매달릴 날만 기다리며 두려움에 고통스럽게 썩어가는 거지."

나는 창살 사이로 아래를 내려다봤다. 수감자인지 교도관인지 모르겠지만, 그저 어두운 그림자만 보일 뿐이었다.

우리는 천천히 시청 건물을 빙빙 돌았다. 큐난트의 날을 위해 도시를 방문한 사람들처럼 말이다. 걸으면서 틈틈이 지하 감옥을 내려다봤지만, 여전히 흐릿한 형태와 그림자밖에 보이지 않았다.

"나, 본 것 같아. 내가 본 것 같아." 제닌이 말했다.

하지만 나는 제닌이 실제로 본 게 아니라 자기가 보고 싶은 걸 본 것뿐이라고 생각했다. 제닌이 어떻게 이런 감옥에서 아빠를 구출할 생각을 하는지 이해할 수 없었다. 아니, 제닌뿐만 아니라 카니쉬와 칼라도 어떻게 구출할 것인지에 대해 제대로 된 계획이 없을 거라는 의심이 들었다.

중앙 광장을 서성이면서 교수대를 힐끔거리고 있는데, 갑자기 무장 경호원들이 나타나 구호를 외쳤다.

"수감자들이 지나간다!"

곧이어 세 명의 남자가 밖으로 끌려 나왔다. 그들의 얼굴은 창백했고, 팔은 뒤로 묶여 있었다. 무장 경호원들은 마치 내일 있을 처형을 예행연습 하려는 듯 죄수들을 교수대로 끌고 갔다. 그런데 아무리 봐도 얼굴에 흉터가 난 사람은 없었다.

"누가 네 아빠야?"

"아빠는 저기에 없어."

"그럼 어디에 있는데?"

"나도 모르겠어. 어쩌면 아빠를 이미 처형했을 수도 있어."

제닌의 얼굴이 창백해졌다. 심지어 얼굴의 흉터마저도 창백해 보였다. 제닌은 엄마를 쳐다봤고, 칼라는 카니쉬를 쳐다봤다. 마치 "너무 늦은 거야? 정말 그런 거야?" 하고 묻는 듯했다.

"하지만 그건 불가능해." 내가 말했다. "큐난트의 날에만 처형이 허락되잖아. 그러니까 벌써 처형됐을 리 없지 않겠어?"

"그게 관습이고 법이라지만…" 제닌이 말했다. "어쩌면 말로만 그러는 걸 수도 있지. 지하 감옥에서 무슨 일이 일어나는지 누가 알겠어?"

대성당 계단에 모여 있던 거지 중 한 명이 누더기를 모으더니 삐걱거리면서 일어나 우리 쪽으로 다가왔다. 나는 속으로 카니쉬가 저 거지한테 돈을 주는 게 아니었는데 하고 생각했다. 아무리 좋은 일이라 할지라도, 그것 때문에 우리한테 관심이 쏠리게 만든 것은 실수였다.

그 거지가 이젠 대놓고 우리한테 다가왔다. 그는 돈을 더 바라는 게 분명했다.

"하지만 이미 아빠를 죽였다면 어떻게 그걸 알아낼 수 있을까?" 제닌이 말했다. "그걸 알아내지 못한 채 떠날 순 없어. 아빠는 분명 어딘가에 아직 살아 계실 거야."

"우리, 이동해야 할 것 같아. 여기에 너무 오래 서 있었어. 사람들이 우리를 알아보기 시작했어. 자, 걷자."

나는 지팡이에 의지해 다리를 절면서 다가오고 있는 거지의 모습을 힐끔 뒤돌아봤다. 그러자 그가 마치 중풍에라도 걸린 사람처럼 모자 쓴 머리를 끄덕였다.

"걸으라고?" 제닌이 화를 냈다. "우린 그냥 걷는 게 아니야. 아빠가 어디 있는지 찾고 있는 거야. 아빠한테 무슨 일이 일어난 건지 알아내야 해."

"하지만 우리마저 잡히면 아무 도움이 안 되잖아. 저기, 누가 오고 있어."

거지는 이제 몇 발 뒤에 있었다.

"자비를… 자비를…."

카니쉬가 거지를 쳐다봤다.

"저리 가. 이미 자비를 베풀었잖아."

"한 번 더, 자비를 베풀어주세요."

거지가 소란이라도 피우면 그걸로 끝이다. 소란은 시선을 집중시키고, 시선은 관심을 초래하고, 관심은 구경꾼들을 끌어 모은

다. 그러다 보면 당국에 발각되는 건 시간문제다.

"자비로운 자여, 도와주세요. 가난한 자를 위해 자비를 베풀어주세요."

"이미 자비를 베풀었다고 했잖아. 내가 뭐 하는 사람이라고 생각하는 거지? 돈 나오는 구멍? 저리 가. 다른 데 가서 구걸하란말이야."

카니쉬가 거칠게 밀쳐냈지만 거지는 포기를 몰랐다.

"자비를 베푸세요. 한 번 더 베푸세요."

나는 제닌의 팔을 잡아끌었다.

"가자. 빨리 여길 벗어나야 해."

하지만 제닌은 내가 잡은 손을 떨쳐냈다.

"아빠를 찾기 전엔 안 가. 아빠가 지하 감옥에 없으면 도대체 어디에 있는 거지?"

거지가 바로 옆에 있었다. 나는 어깨로 제닌을 밀치며 입술에 손가락을 갖다 댔다. 하지만 이미 늦었다. 거지는 이미 우리 말을 다 들어버렸다. 그리고 그걸 증명하기라도 하듯 생각지도 못한 말을 내뱉었다.

"얘야, 어쩌면 그 사람은 도망쳤을 수도 있지."

우리는 거지를 쳐다봤다. 그의 더러운 누더기 옷, 낡아빠진 망토, 때묻은 손, 머리에 쓴 모자 때문에 깊게 그늘진 얼굴. 그 속에서 꿰뚫는 듯한 두 눈이 빛나고 있었다.

"아빠…?" 제닌이 말했다. "아빠 맞아요?"

"미하일?" 칼라가 얼어붙었다.

"형?" 카니쉬의 목소리가 떨렸다. "정말… 형이야? 꼴이 말이 아니네."

"안 오는 줄 알았어." 거지가 말했다. "왜 이렇게 오래 걸렸어? 그리고 카니쉬 너도 그렇게 깨끗해 보이진 않는데?"

그 순간, 나는 모든 게 끝났다고 생각했다. 단 한 번도 이 사람들이 이렇게까지 진심으로 행복해하는 표정은 본 적이 없기 때문이다. 얼굴에 흉터가 난 네 명의 구름사냥꾼은 서로 얼싸안고 입맞춤을 할 것이고, 기뻐서 춤을 출 것이다. 그러면 사람들이 궁금해서 쳐다볼 것이고, 그다음에는 "불신자들이다!" 하는 소리가 터져 나올 것이고, 결국 우리는 모두 큐난트의 날에 교수대에 오르게 될 것이다.

하지만 네 사람은 눈도 깜빡이지 않았다. 움직임도 없었다.

"배는 어디에 있어?" 제닌의 아빠인 미하일이 속삭였다.

"여기서 걸어서 한 시간 거리에." 카니쉬가 말했다.

"우리가 앞장서서 갈게." 칼라가 말했다. "당신은 멀찍이 떨어져서 와. 오래 걸리진 않을 거야."

그런데 미하일이 모자 쓴 머리를 숙였다.

"안 돼. 떠날 수 없어."

우리는 동시에 그를 쳐다봤다.

"아빠, 어째서요?"

그가 고개로 교수대를 가리켰다.

"다른 죄수들도 데리고 가야 해."

카니쉬의 눈이 분노로 이글거렸다.

"우린 형을 구하러 왔어. 모두를 구하러 온 게 아니란 말이야. 다른 사람들 일에 다 참견할 순 없는 거잖아. 우린 온 우주를 구하는 구원자가 아니야. 그저 우리 몸이나 지킬 수 있는 구름사냥꾼이지."

"아니, 저들도 구해야 해. 우리 말고 저들을 구할 수 있는 사람은 아무도 없어."

"아니, 우린 할 수 없어. 타인을 위해 그런 위험을 감수할 순 없다구. 우린 지금 떠날 거니까 멀리 떨어져서 의심 사지 않게 조심히 따라오기나 해."

"난 저 죄수들을 놔두고는 절대 가지 않을 거야. 저들이 없었으면 내가 도망치지 못했을 거야."

"그냥 고맙다는 인사로 끝내자. 저들을 기리며 촛불을 켜주고 제물을 바치면 되잖아. 우린 당장 떠나야 해."

"지금 떠나느니 교수형을 당하겠어."

카니쉬가 미하일을 쳐다봤다.

"그래, 지금 안 떠나면 교수형을 당하겠지."

34

구름사냥꾼의 이름을 걸고

"저 남자애는 누구야? 여기서 뭘 하는 거야?" 제닌의 아빠가
물었다.

"업무 경험 쌓는 중." 카니쉬가 무미건조하게 말했다.

"우리를 따라오고 싶어 해서 같이 왔어요. 저랑 같은 학교에 다
녀요." 제닌이 설명했다.

"그리고 당신을 여기서 구하려면 일손이 더 필요할 것 같다고
생각했어." 칼라가 말했다.

우리는 미로 같은 골목 안에 있는 조그만 찻집에 앉아 있었다.

"뭐 마실래?" 웨이터가 다가오자 미하일이 물었다.

웨이터의 얼굴은 그가 두르고 있는 터번만큼 더러웠고, 터번은
앞치마만큼이나 때가 묻어 있었으며, 앞치마는 주머니에 있는 행
주만큼이나 불결했다.

차를 시킨 후, 우리는 미하일이 어떻게 지냈고 어떻게 탈출했는

지 들었다.

"감옥에서 나오는 건 의외로 아주 쉬웠어. 황폐한 이 섬에서 탈출하는 건 또 다른 얘기지만. 지하 감옥엔 나까지 총 네 명의 죄수가 있었는데, 난 다른 죄수들과 작전을 짜서 어느 날 아침, 음식을 받는 동안 그들이 소란을 피우게 만들었어. 다른 죄수들이 난리를 피우자 교도관은 감방 문을 열어둔 채 급히 자리를 비웠지. 난 그 틈을 타 방 밖으로 나온 다음 교도관의 목을 베어야 했어. 아니, 조르는 거였구나. 아무튼 교도관의 목을 졸라 제압했는데, 하필이면 그날따라 아침을 배급할 땐 오지 않는 교도관이 두 명이나 더 내려온 거야. 난 그들을 피해 탈옥하는 데 성공했지만 다른 죄수들은 구할 수 없었지.

난 교도관들한테 쫓겨 도시 한복판을 달렸고, 도시 전체에 경보가 울렸어. 사방팔방에서 '죄수가 탈옥했다! 죄수가 탈옥했다!' 하는 소리가 들렸지. 난 하늘가나 도시 외곽까지 도망칠 수 없었어. 모든 신도들이 나를 쫓고 있었거든. 이 섬은 신도들밖에 없는 곳이야. 내 말 명심해. 그들은 의심 같은 건 품지 않아. 의심이 자랄 틈이 없거든."

"그래서 어떻게 했어요?" 제닌이 물었다.

"내가 할 수 있는 걸 했지. 한 가지 선택밖엔 없었어. 도망칠 수 없다면 숨어야지. 하지만 사람들이 바로 뒤에서 쫓아오는데 어디로 어떻게 숨을 수 있겠어? 이럴 땐 바로 그들 코앞에 숨는 거야. 왜냐하면 사람들은 바로 그런 곳을 쉽게 놓치거든."

"그래서요?"

"난 모자를 뒤집어쓴 다음 다리를 절면서 천천히 걸었어. 그때 벽에 놓인 막대기가 보였어. 그래서 그걸 지팡이로 사용했지. 난 지팡이에 의지해 다리를 절면서 대성당 계단으로 갔어. 내 뒤로는 교도관들과 신도들이 온갖 난리를 피우고 있었지. 교도관들은 광장에 있는 사람들을 거칠게 다뤘어. '거기! 범죄자가 탈옥했다. 도망치는 사람 못 봤나? 어디로 갔지?'

소란이 계속되는 동안, 난 다른 거지들처럼 대성당 계단에 걸터 앉아 있었어. 거지들은 하루 종일 그 자리에 쪼그리고 앉아 눈을 내리깔고 있기 때문에, 옆에 누가 있는지 알지도 못하고 신경도 쓰지 않았어. 그냥 나도 자기들 같은 거지려니 여긴 거지."

"그래서요?"

"난 그들 틈에 머리 숙이고 눈을 깔고 앉아서 구걸을 했어. '신도들이여, 자비를 주세요. 불쌍한 사람에게 자비를 베풀어주세요.' 계속 그렇게 지내면서 너희를 기다리고 있었던 거지."

미하일은 이제 날카롭게 비난하는 투로 말했다.

"너희가 와주기를… 그런데 너희는 너무 늦게 왔어."

"여보…."

"형…."

"아빠…."

미하일이 조용히 하라며 손을 들었다.

"나 혼자의 힘만으로는 이 섬을 벗어날 수 없었어. 하늘배를 구

236

하는 게 불가능했거든. 그래서 감옥에서 도망친 이후 계속 대성당 계단에 앉아 구걸을 해야만 했지. 정말 모순적인 건 말이야, 가끔씩 나한테 동전을 던져주는 사람이 있었는데, 그 사람이 바로 내가 목을 졸랐던 그 교도관이란 거야. 그러니까 그 사람도 그렇게까지 나쁜 사람은 아니었던 거지. 인생이란 게 참 이상해, 안 그래?"

미하일이 내가 만난 이후 처음으로 미소를 지었다.

"당신을 구하려고 우린 온 힘을 다 썼어." 칼라가 말했다. "국제 법원을 찾아가서 무죄 판결도 받아냈어. 하지만 큐난트족은 전혀 신경 안 쓰더라구. 그들은 정말 제멋대로인 사람들이야."

"이곳 광신도들은 자기들의 편협한 사상 외엔 어떤 법에도 관심이 없어." 미하일이 말했다.

"이제 우리가 이렇게 왔잖아요." 제닌이 말했다.

"배는 한 시간쯤 떨어진 곳에 있어. 그러니 정오를 알리는 종이 치기 전에 배를 타고 여길 뜰 수 있어." 카니쉬가 말했다.

"난 약속을 했어." 미하일이 차분하면서도 완고하게 말했다. "세 명의 죄수가 나를 도와주면 나도 그들을 돕겠다고. 구름사냥꾼의 이름을 걸고서."

카니쉬의 표정이 점점 돌처럼 굳어갔다. 미하일의 한 마디에 논쟁은 종지부를 찍고 말았다. 이것은 말로 설득할 수 있는 문제가 아니었다. 구름사냥꾼의 이름을 걸고 약속했으니, 그보다 구속력이 있는 게 또 어디 있을까.

하지만 나는 좀 억울했다. 그 약속은 내가 한 게 아닌데, 순전히 제닌의 아빠 혼자 한 약속인데, 그 때문에 우리 모두가 잡혀서 교수형을 당하는 건 불공평하다는 생각이 들었다. 교도관들에게 걸리지 않고 어떻게 다른 죄수들을 구출할 수 있을지, 나로서는 도저히 상상조차 할 수 없었다.

이미 시내는 신도들로 가득 찼고, 시간이 흐를수록 그 수는 더 많아졌다. 사람들은 내일 있을 처형식을 좀 더 잘 보려고 광장에 자기 자리를 표시해놓거나, 그 자리를 사수하기 위해 밤샐 준비를 해서 오기도 했다.

이런 상황에서 우리가 죄수들을 구출하고 도망갈 확률이 얼마나 될까? 그럴 확률은 아예 없다는 생각이 들었다.

"차 더 마실 사람?" 미하일이 물었다.

나는 고개를 끄덕였다.

"감사합니다. 한 잔 더 마시고 싶어요."

나는 그저 시간을 끌기 위해 아무 짓이나 해본 것이었다.

하지만 무슨 연유에서인지 제닌은 미소를 지었다.

35

결전의 날

우리 셋은 찻집을 나왔다. 카니쉬, 나 그리고 제닌만. 제닌의 부모님은 5분 뒤에 따라 나오겠다고 했다.

우리는 길목을 빠져나와 배를 숨겨놓은 동굴로 걸음을 재촉했다. 마치 섬의 모든 사람이 다음 날 있을 '축제'를 위해 시내로 향하는 듯했다. 반대 방향으로 가다 보니 사람들의 눈에 띨 수밖에 없었다. 물살을 거슬러 수영을 하는 꼴이었다.

"신도님, 어디로 가는 거예요? 반대 방향으로 가고 있잖아요! 이런 재밌는 일을 놓치면 안 돼요!"

재미? 사람을 목매다는 게 재미라고? 어떤 사람의 불행이 누군가에겐 오락거리가 될 수 있다니.

축제 때문에 흥이 오를 대로 오른 사람들이 우리를 자극했다. 카니쉬는 누군가의 머리통을 갈겨버리기라도 할 듯 신경이 바짝 곤두서 있었다. 하지만 이성의 끈이 그를 막았다.

얼마 후 길이 시골길로 바뀌었고, 우리는 무사히 동굴에 도착했다. 배는 안전하게 잘 숨겨져 있었다.

제닌의 부모님이 돌아왔을 때, 카니쉬는 식사를 준비하고 있었다. 식사를 하려고 앉자마자 카니쉬가 모두가 마음 한편에 두고 있던 주제를 꺼내 들었다.

"형은 그 친구들한테 이상한 의리를 갖고 있어. 형이 그들을 구출해주겠다고 약속했으니, 그렇게 해. 하지만 이것만은 똑똑히 알아둬. 지금 그들은 북적거리는 시내의 지하 감옥에 갇혀 있고, 시내는 시간이 갈수록 더 복잡해지고 있어. 내일이 되면 그 세 명은 수천, 수만 명 앞에서 교수형에 처해질 거야. 하지만 우린 고작 다섯 명뿐이야. 남자 두 명, 여자 한 명, 여자애 한 명, 그리고 구름사냥꾼도 아닌 아무짝에도 쓸모없는 남자애 한 명, 이렇게 말이야."

나는 '아무짝에도 쓸모없는 남자애'라는 부분에서 기분이 팍 상했다. 하지만 카니쉬가 저렇게 여러 문장을 구사하는 걸 전에는 본 적이 없어서, 무슨 말을 더 할지 궁금해졌다. 평상시 말이 거의 없는 카니쉬가 지금은 갑자기 달변가가 되었다.

"고작 다섯 명으로 어떻게 형 친구들을 구할 수 있지? 승산이 없어. 제아무리 구름사냥꾼이라 해도 말이야."

생각하느라 뜸을 들이더니 미하일이 한발 물러섰다.

"고민 좀 해봐야겠어."

"그렇게 고민할 여유가 있는지 모르겠네. 우리가 그 사람들을 구하러 갔을 땐 이미 화장을 해줘야 하는 상황이 돼 있을지도 몰라."

미하일이 카니쉬를 쳐다봤다. 하지만 아무 말도 하지 않았다.

그때 칼라가 입을 열었다.

"나한테 방법이 있어."

미하일과 카니쉬가 칼라를 의심스럽게 쳐다봤다.

"그 방법이 뭔데?" 미하일이 물었다.

"우리 배는 하늘배잖아. 그렇지?"

"물론이지."

"둥근 선체 덕분에 부력이 생겨서 땅에 착지하지 않고 하늘에 떠 있는 거잖아. 배를 부둣가에 밧줄로 묶어 정박해야만 가라앉힐 수 있지."

"그런데?"

"그런데 육지에 착륙하지 못한다고 해서 육지를 항해할 수 없는 건 아니잖아."

"그래서요?" 카니쉬가 조바심치며 물었다.

"우린 큐난트 시내까지 배를 타고 갈 수 있다는 거지."

"그럼?"

"누가 이런 걸 예상이나 할 수 있겠어? 교수대 위로 하늘배가 나타날 거라고 누가 감히 상상이나 하겠냐고. 그것도 그 시간에 딱 맞춰서…."

미하일과 카니쉬가 서로 쳐다보더니 칼라를 다시 봤다. 내키진 않지만 감탄한 듯한 표정이었다.

"좋은 생각인걸." 카니쉬가 고개를 끄덕였다.

"맞아." 미하일도 동의했다.

"좋은 생각 그 이상이죠. 우리에겐 최선의 방법이에요." 제닌이
말했다. "사실, 유일한 방법이고."

나도 맞는 말이라고 생각했지만 아무 말도 하지 않았다. 남의
가족 일에는 끼어들지 않는 게 최선이다.(가끔은 우리 가족 문제에
도 끼지 않는 게 최선일 때도 있다.)

"혹시 다른 의견 있는 사람?" 칼라가 물었다.

다들 침묵을 지키는 걸 보니 이견이 없는 듯했다.

우리는 그날 거의 잠을 자지 못했다. 나는 특히나 그랬다. 눈을
떠보니 다른 사람들도 나처럼 눈을 뜨고 있었다. 나만 긴장한 게
아닌 것이다.

우리는 일찍 아침을 먹고 배를 풀었다. 멀지 않은 연안에서 구
름이 피어오르고 있었다. 우리는 물탱크를 채우기 위해 구름으로
향한 뒤 다시 금단의 제도, 큐난트 섬으로 돌아왔다.

방향타를 틀자 배가 위로 올라갔다. 큐난트 시내가 멀리 보이
기 시작했다. 배는 큐난트 시내가 우리 바로 아래 장난감만큼 작
게 보일 때까지 올라갔다.

제닌이 쌍안경을 들고 아래를 정찰했다.

"교수대가 보여요. 모든 준비를 다 마쳤나 봐요."

저 아래로 교수대 주위에 모여든 인파가 보였다. 그들은 침착하게 정오에 있을 처형식을 기다리고 있었다.

우리도 기다렸다. 미하일은 물 호스를 확인했고, 카니쉬는 밧줄을 풀어 매듭을 짓고 조절 가능한 올가미를 만들었다.

우리는 계속 때를 기다렸다. 기다리면서 딱히 할 것은 없었다. 그저 침착하게 쌍안경과 망원경을 들여다보면서 기다릴 수밖에 없었다.

드디어 정오 10분 전이 되었다. 그리고 잠시 뒤, 정오를 알리는 종소리가 울렸다.

"죄수들이 오고 있어." 카니쉬가 말했다.

카니쉬한테서 망원경을 건네받은 미하일이 아래를 살피더니 고개를 끄덕였다.

"이제 내려가자."

방향타를 잡은 칼라가 배가 아래로 향하도록 방향을 틀었다.

우리는 조용히 아래로 내려갔다. 광장에 있던 자그마한 벌레들이 사람으로 변했다. 장난감 같던 건물들이 실제 크기로 변신했다. 바늘 끝 같던 대성당이 거대한 첨탑으로 변해갔다.

광장은 사람들로 북적거렸다. 집이나 가게에서 창문 밖으로 내다보는 사람들도 많았다. 다들 순교자 큐난트의 정신을 기리기 위해 교수형에 처해질 죄수들을 구경하려고 아등바등하는 모습이었다.

이윽고 죄수들이 등장했다. 뒤로 팔이 묶인 남자 셋이 엄숙하게 죽음을 향해 걸어갔다.

우리는 빠르게 내려가서 군중 뒤로 날아들었다. 아무도 우리를 보지 못했다. 아직까지는 말이다.

예복을 차려입은 사제가 교수대 앞에 서서 설교를 늘어놓기 시작했다.

"신성한 큐난트여, 이 범죄자들에게 당신의 자비를 베푸소서. 이들의 죄를 용서하고 이들이 순교할 수 있는 영광을 허락하소서. 신념을 위해 목숨 바친 당신처럼 저들도 목숨을 바쳐 저들의 죄를 사할 수 있게 하소서. 튼튼한 줄과 흔들리지 않는 교수대를 위해 기도합니다. 죽음은 당신의 뜻대로 이뤄질 것입니다. 큐난트의 이름으로…."

사제가 손으로 올가미 표시를 하자 광장에 있던 사람들도 하나같이 그 동작을 따라 했다. 그런 뒤 교도관들과 모자를 쓴 교수형 집행자가 죄수들을 앞으로 인도했다. 세 개의 올가미가 흔들거리며 세 명의 죄수를 기다리고 있었다. 이제 그들의 목에 올가미를 걸고 눈을 가린 다음, 발밑의 문을 열어주면 그만이었다. 하지만….

"저길 봐! 저기!"

한 사람이 우리 배를 보고 말았다. 그러자 모든 사람이 우리를 쳐다봤다.

"하강! 하강!" 카니쉬가 외쳤다.

우리는 급히 내려갔다. 우리가 할 수 있는 방법은 기습뿐이었다. 만약 지금 기회를 놓치면 우리는 이대로 끝나고 말 것이다.

배가 교수대 위를 맴도는 동안, 미하일이 손에 단검을 쥔 채 밧줄 사다리를 타고 아래로 내려갔다. 카니쉬 역시 손에 단검을 쥐고, 새로 산 칼은 입에 물고 다른 사다리로 내려갔다. 제닌과 나는 물대포를 잡고 있었다. 제닌이 물을 틀자 폭포수처럼 최대 수압과 속도로 물이 발사되었다.

우리는 노즐을 밑으로 조준해서 교도관을 향해 물을 쐈다. 교도관들이 물대포를 맞고 교수대 주변으로 나가떨어졌다. 카니쉬와 미하일이 교수대로 달려갔다. 교도관들이 칼을 꺼냈고, 화가 난 군중이 소리치며 계단으로 모였다. 그렇게도 고대하던 오늘의 오락거리를 바로 눈앞에서 놓치게 되리란 것을 감지한 것이다.

"궁수! 활! 활과 총 준비해!" 누군가 외쳤다.

죄수들이 도망쳐서 눈앞에 보이는 밧줄 사다리를 향해 달려왔다. 하지만 팔이 뒤로 묶여 있는 탓에 사다리를 타고 오를 수 없었다. 카니쉬와 미하일이 한 사람씩 손을 풀어주자 죄수들은 서둘러 사다리를 타고 올랐다. 하지만 바로 뒤에서 교도관들과 성난 군중이 뒤쫓고 있었기 때문에 세 번째 죄수의 손은 미처 풀어줄 겨를이 없었다. 카니쉬와 미하일은 어쩔 수 없이 그 죄수를 놔두고 사다리에 올라야 했다.

"올라와! 위로!"

칼라가 배를 위로 끌어 올렸다.

교도관 한 명도 밧줄 사다리를 타고 올라오기 시작했다. 하지만 카니쉬가 밧줄을 잘라버리자 사다리는 교도관과 함께 교수대로 떨어져버렸다.

제닌이 교도관들을 향해 물대포를 쏘는 동안, 나는 배 너머로 매듭지은 밧줄 올가미를 흔들었다. 그러면서 세상에 존재하는 모든 신에게 밧줄이 목표한 방향으로 제대로 날아갈 수 있게 해달라고 기도했다.

"손을 못 푼 분은 이 밧줄을 이용하세요!"

해냈다! 밧줄 올가미는 정확히 세 번째 죄수의 머리와 가슴에 떨어졌다. 배가 위로 뜨자 밧줄이 남자의 팔 아래에서 단단히 매듭지어지면서 남자가 위로 끌려 올라왔다. 올가미가 가슴을 꽉 조이는 바람에 남자가 비명을 질렀지만, 우리는 즉시 남자를 배로 끌어 올렸다.

"전속력으로! 출발!" 미하일이 소리쳤다.

우리 아래로는 분노에 찬 얼굴들이 끝없이 펼쳐져 있었다. 그들이 하늘로 화살과 총을 쏘아대서 총알이 배의 난간을 스쳤고, 선체에 박힌 것도 있었다. 하지만 얼마 가지 않아 배에 닿지 못할 정도가 되었다.

"우리를 추격하지 않을 건가 봐."

"당연히 추격하지. 봐봐! 저기 오고 있잖아!"

제닌의 말대로 큐난트족의 배들이 추격하기 위해 위로 올라오고 있었다.

"물탱크를 비워. 저들을 따돌려야 해!" 미하일이 소리쳤다.

물탱크에 남은 물이 대포의 입구에서 뚝뚝 떨어져 내렸다. 돛은 모두 넓게 펼쳐졌고 태양광 엔진도 최고 출력으로 작동했다.

배는 물수제비뜨기를 하듯 열기포를 맞아 통통 튀며, 하늘상어로부터 도망치는 하늘고기처럼 전속력으로 날아갔다. 그리고 마침내 '위대한 경계'를 넘었다. 뒤따라오던 배들이 햇살을 받은 티끌만큼이나 작아졌다. 큐난트 섬도 그저 멀리 있는 돌덩어리처럼 보였다.

저들은 더 이상 우리를 따라오지 못할 것이다. 우리는 천만다행으로 자유를 얻을 수 있었다. 구출된 세 명의 죄수들은 갑판에 편히 앉아 미소를 지었고, 그중 한 명은 아직 머리가 붙어 있는 게 신기하다는 듯 자기 목을 연신 더듬거렸다.

나는 제닌이 있는 뱃고물로 갔다.

"네 아빠를 감옥에 가게 만든 사람은 어쩔 거야? 난 네가 그 사람한테 복수하려는 줄 알았는데."

제닌이 나를 보며 웃었다.

"아빠가 돌아왔는데 그게 다 무슨 소용이야?"

그러고는 몸을 돌려 큐난트 섬 쪽을 쳐다봤다.

"넌 보통 뱃머리에 앉잖아. 뱃고물이 아니라."

"맞아. 난 우리가 어디로 향하고 있는지 보는 걸 좋아하거든. 그런데 가끔은…."

"가끔은 뭐?"

"가끔은 내가 다녀온 곳을 보는 게 좋을 때도 있어. 그럼 거기서 뭘 했는지 생각할 수 있거든."

나는 제닌의 말에 동의하지 않을 수 없었다. 그래서 나는 제닌 옆에 앉아서 같이 뒤를 봤다.

36

다시 집으로

"저 사람들은 무슨 이유 때문에 교수형을 당할 뻔했던 거야?"

배는 이제 꽉 차 보였다. 출항했을 때는 네 명이었는데 이젠 두 배인 여덟 명이 되어 갑판의 반을 차지하고 있었다. 끓여야 할 수프의 양도, 설거지할 그릇도 두 배가 되었다. 어쩌다 보니 그릇을 씻는 것은 다시 내 몫이 되었다.

"한 명은 인도에 강아지가 용변을 본 걸 잊어버리고 치우지 않았대."

나는 제닌이 농담을 하는 줄 알았다. 하지만 농담이 아니었다.

"달랑 그것 때문에 사람을 목매달려고 한 거야?"

"큐난트 사람들은 강아지도 매달려고 했대. 그런데 알고 보니 아빠가 구하려고 했던 강아지가 바로 그 강아지였던 거야."

"그럼 나머지 둘은?"

"한 사람은 주차 공간이 아닌 곳에 손수레를 놔뒀대."

"세 번째 사람은?"

"시장을 죽이려고 했대. 선거도 거치지 않은 폭군이라서."

"그럼 이제 저 사람들은 어떻게 되는 거야?"

"탈옥했으니 이제 도주 중인 거잖아. 반대자들이 된 셈이지. 우린 저 사람들을 반대자들의 제도에 내려줄 거야. 거기서부터는 알아서 살면 돼. 히피의 섬이 마음에 들지 않으면 다른 섬으로 가는 배를 얻어 타고 나가면 돼. 누구에게나 자기한테 맞는 섬 하나쯤은 있기 마련이거든."

제닌이 나를 보며 미소를 지었다.

"너한테도 맞는 섬이 분명 있을 거야."

"고마워."

"천만에."

"난 확실히… 여기가 맞는 것 같아."

제닌이 잠시 생각하더니 고개를 저었다.

"그건 아닌 것 같아, 크리스찬. 여기에 맞으려면 넌 여기 말곤 다른 어느 곳과도 맞지 않아야 해. 그리고 넌 이미 집이 있잖아. 또 얼굴에 흉터도 새겨야 하는걸. 넌 그런 흉터 같은 건 없는 게 나아."

그렇게 말하고 제닌은 선실로 내려갔다.

우리는 반대자들의 제도에 있는 히피의 섬에 정박했다. 그곳 사람들은 우리가 부둣가에 내려준 새 이민자들을 열렬히 환영하는 것 같아 보이지 않았다. 그들은 원체 느긋해서 무엇이든 열렬히 하는 법이 없었다. 그래도 친절하긴 했다.

"그래, 친구. 큐난트랬나? 교수형을 당할 뻔했단 말이지? 제정신이 아니군. 그래도 잘 빠져나왔네, 친구. 여기서는 무사히 지낼 수 있을 거야. 시내로 가게. 가서 항만장이 보냈다고 해. 동네든 어디서든 살 만한 곳을 찾을 수 있을 걸세. 걱정하지 말게, 친구. 편하게 생각해."

항만장이라는 남자는 키가 크고 머리가 길었다. 그리고 연신 피워대는 파이프 연기에 둘러싸여 있었다.

남자가 제닌의 가족을 쳐다봤다. 그들의 흉터 난 얼굴, 문신, 땋은 머리, 목에 건 메달, 팔목과 발목에 찬 금 장신구들을 보고 연기를 한 모금 뱉어내더니 감탄한 듯 말했다.

"구름사냥꾼이지? 멋지네, 멋져." 그러고는 나를 발견하고 이렇게 물었다. "자네도 구름사냥꾼인가?"

나는 누군가 부정해주기를 기다렸다. 하지만 아무도 대답이 없었다. 그래서 나는 머리를 살짝 끄덕이며 말했다.

"그런 셈이죠."

"멋져, 친구. 멋진 일이야."

나는 부정하지 않았다.

우리는 히피의 섬을 떠나며 죄수들과 인사를 나눴다. 그들은 집으로 돌아가는 우리 배를 향해 몇 번이고 고맙다고 소리치며 손을 흔들었다.

배는 이제 나의 집을 향해 가고 있었다. 그렇다, 나의 집. 구름 사냥꾼들은 이미 자신들의 집에 있기 때문이다. 그들에겐 배가 집이다. 그들에겐 육지도, 나라도 없다. 하늘의 방랑자로 태어나서 죽을 때까지 그렇게 살아간다. 우리처럼 단단하고 흔들리지 않는 땅에 발붙이고 사는 사람들과는 다르다. 하늘고기처럼 하늘의 사람들인 것이다.

우리는 중심 기류로 가는 길에 우현에 나타난 구름층에 들르기 위해 방향을 한 번 틀었다. 구름층에서 물탱크를 가득 채운 후, 배는 다시 나의 집이 있는 섬으로 향했다.

"며칠이나 걸려요?"

"이틀. 어쩌면 사흘." 카니쉬가 답했다.

이틀. 길어봤자 사흘이다. 그러면 모든 게 끝이다. 더 이상 모험은 없다.

마지막 날이 다가오고 있을 즈음, 제닌이 나한테 와서 말했다.

"수영 한 번 더 안 할래?"

나는 그것이 휴가가 끝나기 전에 즐기는 마지막 선물 같은 것이라고 생각했다.

"그래, 좋은 생각이야."

배가 멈추자 나와 제닌은 다이빙을 했고 하늘을 떠다니며 수영했다. 내 수영 실력이 제법 나아진 것 같았다. 더 이상 추락에 대한 걱정은 없었고, 아래로 보이는 깊은 어둠이 두렵지 않았다.

수영을 하는 우리 옆으로 두 마리의 스카이핀이 지나갔다. 녀석들이 우리랑 놀고 싶은지 고무 같은 주둥이로 우리를 밀쳤고, 우리는 녀석들의 등에 난 둥근 지느러미를 잡았다. 그러자 스카이핀들이 공중제비를 했다. 인생이 영원히 끝나지 않을 즐거움으로 가득한 것처럼 우리는 행복하게 웃으며 소리쳤다.

멀리 섬이 보이기 시작하자 나는 제닌한테 물었다.

"다음 학기에 학교로 돌아올 거야?"

"나도 모르겠어. 그건 아빠한테 달려 있어. 아빠는 계속 이동하고 싶어 하시거든. 이 지역의 하늘은 구름이 고갈됐고 더 좋은 곳이 있다는 얘기를 들으셨대."

하지만 나는 속으로 방랑자들은 항상 어딘가 더 나은 곳이 있을 거라고 믿는 사람들이 아닌가 하고 생각했다. 그것이 바로 방랑자들이 한곳에 정착하지 못하는 이유일 것이다.

"하지만 곧바로 떠나진 않을 거지?"

"아마도."

37

이별 선물

우리가 배로 돌아왔을 때, 카니쉬와 제닌의 부모님이 엄숙하고 섬뜩하게 서 있었다. 무슨 일이지?

미하일이 먼저 입을 열었다.

"우리의 친구, 크리스찬. 우리끼리 얘기를 나누면서 자네한테 고마움을 전하기로 했네. 자네의 도움이 없었으면, 나와 이 세 명은 지금쯤 큐난트 섬에서 교수형을 당했을지도 모르니까."

"제가 없었어도 잘 해결하셨을 거예요."

겸손 떨려고 한 말이 아니라 그들은 정말 그랬을 것이다.

"그렇다 해도, 자네한테 고맙게 생각하네. 자네도 봤다시피 우린 물질적으로 풍요로운 사람들이 아니야. 우리가 줄 수 있는 거라곤 값어치 없는 선물뿐이지. 하지만 우린 우리만의 방법으로 고마움을 표시한다네."

나는 그게 무얼까 궁금해졌다. 하지만 느낌이 왔다. 화로 위의 작은 냄비가 끓으면서 약초 냄새를 풍기고 있었다. 열기 속에서 달궈지고 있는 예식용 칼이 보였고, 칼라의 손에는 어린 구름사냥꾼 알랭의 엄마가 알랭의 차에 부었던 것과 같은 작은 약병이 들려 있었다.

나는 심장이 쿵 하고 떨어지는 것 같았다. 저 아래 태양이 있는 곳까지 말이다.

무슨 일이 일어나고 있는지 알아차렸는지, 제닌도 나를 바라봤다. 내 눈만이 아니라 내 심장 깊숙이 숨겨진 비밀스러운 내 모습까지 들여다보는 듯했다.

"우린 감사의 인사로 우리가 할 수 있는 가장 큰 영예를 자네한테 주고 싶네. 자네가 기쁘게 우리의 마음을 받아준다면 말이야. 자네가 흉터를 받아주면 좋겠어."

나는 뭐라고 해야 하는 걸까? 어떻게 해야 할까? 두려움의 문제가 아니었다. 고통에 대한 두려움 때문이 아니었다. 영구적인 변형 때문이 아니었다. 그런 것들은 나한테 별 문제가 되지 않았다. 수없이 저 흉터를 갖고 싶다고 생각하지 않았던가. 저 흉터가 있으면 나도 멋진 사람으로 보일 수 있을 것 같아서.

제닌은 여전히 나를 바라보고 있었다. 제닌도 알고 있었다. 내가 흉터를 받는다는 것은 제닌도 함께 선택한다는 의미라는 걸. 우리는 함께 어른이 되고 영원히 함께 일할 수 있게 되는 것이다. 이제 저들이 바라는 대답을 하면 그만이다.

하지만 나는 할 수 없었다. 그 말을 할 수 없었다. 나도 말하고 싶었다. 하지만 나에겐 가족과 집이 있었다. 만일 내가 지울 수 없는 그 흉터를 하고 집으로 돌아간다면….

나는 도저히 우리 가족에게 그럴 수 없었다. 하고 싶은 만큼이나 할 수 없었다.

뭐라고 대답했는지는 정확히 기억나지 않는다. 어쨌든 나는 이렇게 큰 영광을 주겠다고 한 것에 대해 감사의 인사를 했다. 나를 여정에 함께하게 해준 그들의 호의에 감사했다. 그들은 나의 사정을 이해해줬고, 우리는 함께 녹차를 마셨다.

제닌은 갑판 난간에 홀로 가서 서 있었다. 나를 쳐다보지도 않았다. 다시 배가 출발했을 때, 나는 제닌 곁으로 다가가 말을 걸었다.

"제닌… 내 말 이해했지?"

제닌이 그제야 나를 쳐다봤다.

"이해해, 크리스찬. 넌 네가 아닌 사람이 될 수는 없어. 나도 그렇고. 그래서…."

"그렇다고 우리가 친구가 될 수 없는 건 아니잖아."

"그래, 우리가 친구가 될 수 없는 건 아니야. 하지만 그 이상은 절대 될 수 없는 거잖아? 난 얼굴에 흉터가 있고 넌 없지. 그래서 우린 멀어질 수밖에 없어."

"그렇지 않아. 그럴 필요 없어. 그건 사실이 아니야. 우린 여전히…."

"그런 거야, 크리스찬. 넌 집을 택했어. 네 사람들, 네 삶을. 내가 내 사람들을 선택한 것처럼. 하지만 사실 우리에겐 선택권이 없어. 넌 구름사냥꾼이 될 수 없어. 난 구름사냥꾼이 안 될 수가 없고. 그럴 수밖에 없는 거야."

나는 제닌이 울고 있다고 생각했다. 하지만 제닌의 얼굴을 차마 볼 수 없었다. 아무 말도 해줄 수 없었다. 왜 그랬는지는 나도 잘 모르겠다.

"모두들 우리 집에 오셔야 해요."

나는 섬이 가까워지자 제닌 가족한테 말했다.

"우리 집에서 같이 식사해요. 부모님도 저를 여정에 함께하게 해주고, 안전하게 데려와줘서 고맙다고 인사하고 싶으실 거예요. 그리고 부모님한테 우리가 겪은 일들도 같이 얘기해요. 음, 모든 걸 말하긴 좀 그렇지만, 그래도 몇 개는 괜찮을 거예요. 그런 일들은 매일 일어나는 게 아니니까요. 그렇죠?"

"매일 일어나는 일인걸." 제닌이 대꾸했다.

그래, 제닌에겐 매일 일어나는 일일지도 모르겠다.

집이 점점 가까워질수록 집에 돌아가기가 싫어졌다. 끝나지 길 원하는 일이 끝날 때는 언제나 슬픈 법이다. 나는 영원히 하늘을 날면서 구름을 찾고, 멀리 낯설고 메마른 섬에 물을 팔러 가고 싶었다.

이곳에 와보지 못한 사람들은 우리가 사는 이 세계가 과학적으로 불가능하다고, 중력의 법칙과 대기의 원리를 거스르는 이런 곳은 존재할 수 없다고 할 것이다. 하지만 그걸 아는가? 구세계도 마찬가지였다. 모든 세계가 마찬가지다. 존재하는 세계는 모두 놀랍기만 하다. 우리가 여기 있을 수 있는 확률은 10억 분의 1도 안 된다. 하지만 우리는 이곳에 존재한다.

집이 가까워질수록 제닌 가족과 나 사이에는 말이 없어졌다. 마치 구름사냥꾼들이 나를 떠날 준비를 하는 것 같았다. 나는 더 이상 친구도, 동료도 아니었다. 그저 낯선 뭍사람들 중 하나일 뿐이었다.

배가 항구에 정박하자, 나는 얼마 안 되는 짐을 챙겼다.

"내일 아침에 다시 올게요. 저녁 몇 시에 오면 되는지 그때 말해줄게요. 괜찮죠?"

다들 미하일을 쳐다봤다. 미하일은 고개를 젓지도, 끄덕이지도 않았다.

"물론이지."

나는 제닌의 엄마, 아빠와 다시 한 번 인사를 주고받았다. 그리고 카니쉬와 인사를 나눴다.

"자, 이거 받아."

카니쉬의 손에는 칼 한 자루가 있었다. 장식이 박힌 칼자루가 햇살을 받아 반짝였다.

"하지만… 이건 아저씨 칼이잖아요."

"이제 네 거야. 그러니까 현명하게 쓰도록 해. 사람 목을 베거나 하면 못 써, 알겠지?"

"안 그럴게요."

"넌 나쁘지 않았어. 전혀 나쁘지 않았어."

카니쉬한테 이 정도면 굉장한 칭찬이었다.

카니쉬가 내 손바닥에 칼자루를 올려놓은 뒤 손에 쥐여주었다.

이제 마지막으로 제닌 차례였다.

"여기, 이것도 네 거야."

제닌이 자기 팔목에서 금팔찌를 빼더니 내 팔목에 채워줬다.

나는 그 순간, 다시는 제닌을 못 보게 될 거라는 걸 알았다. 내일 아침, 항구로 왔을 때 이미 그들은 가고 없을 것이다.

"제닌… 난 너한테 줄 게 아무것도 없어…."

그러자 제닌이 내 입술에 손가락을 갖다 댔다.

"아니, 있어."

나는 앞으로 몸을 기울여 제닌한테 키스했다. 내가 제닌을 꽉 안자 제닌도 나를 꽉 안아줬다. 우리는 그렇게 한참 동안 서로를 껴안고 있었다.

누군가가 목청을 가다듬는 소리가 들려서 돌아보니, 제닌 가족이 심각한 표정으로 우리를 쳐다보고 있었다.

이제 떠날 시간이었다.

나는 배를 떠나 부둣가로 올라갔다. 제닌 가족 모두에게 다시한 번 고맙다고 인사한 뒤, 집으로 걸음을 옮겼다. 그러면서도 몇번이나 뒤돌아보며 그들에게 손을 흔들고, 또 흔들었다.

집으로 이어지는 벼랑길로 접어들자, 배의 돛대밖에 보이지 않았다.

몇 분 후, 나는 집에 도착했다.

부모님은 나를 보자 얼굴이 아주 환해졌다.

"애 좀 봐. 아주 새까매졌네. 머리도 많이 자랐고. 허리춤에 칼을 차고 팔에 팔찌까지 하니까 꼭 누구처럼…."

나는 부모님이 뭐라고 말할지 알고 있었다.

"험상궂은 구름사냥꾼처럼 생겼네." 아빠가 웃으며 말했다.

딱 맞는 말이었다. 그보다 완벽한 환영 인사는 없을 것이다.

다음 날 이른 아침, 나는 그들을 집에 초대하러 항구에 갔다. 하지만 늦었다. 그들은 이미 가고 없었다. 예상했던 것처럼.

그들은 태양조석(태양과 지구 사이의 상호작용에 의해 생기는 조석:옮긴이)을 만나기 위해 출항했을 것이다. 나는 무거워진 마음으로 발을 끌며 집으로 돌아갔다.

하지만 나는 처음부터 이럴 줄 알고 있었다. 구름사냥꾼은 절대 한곳에 오래 머물지 않는다. 그들은 어디론가 떠나야만 한다. 그게 그들의 타고난 성질이기 때문이다. 그들은 자신들이 쫓는 구름과 닮았다. 끊임없이 바람과 조수에 따라 이동한다. 여기에 타협이란 없다.

나는 그들이 우리가 꿈을 쫓듯 구름을 쫓는다고 생각한다. 언제나 다음에 오는 게 더 좋아 보이는 것이다. 이번에는 완벽히 형성되지 않았지만 다음의 구름은, 다음의 꿈은 분명 더 좋을 것이다. 이렇게 우리는 구름을 쫓고 꿈을 좇는다.

내가 집에 도착했을 때 엄마는 출근할 준비를 하고 있었다. 엄마는 내 얼굴에서 얼마나 실망하고 있는지 알아챘다. 엄마는 내 마음을 이해해주며 위로하려 했지만, 결국 구름사냥꾼에 대한 엄마의 경고가 옳지 않았냐는 듯 의기양양해했다.

"거봐, 영원하지 못할 거라고 했잖아. 그 사람들은 너한테 인사도 없이 떠났어. 그래서 네가 얻은 게 뭐야? 중심 기류를 타고 떠돌아다니는 게 뭐 그리 중요한 일이라고."

뭐 그리 중요한 일이냐고요?

할 말은 많았다. 하지만 말한다 한들, 엄마는 내 말을 절대로 이해하지 못할 것이다.

내가 얻은 게 뭐냐고요?

내가 뭘 얻었을까?

내가 얻은 게 뭘까? 단검, 팔찌, 그리고 잊을 수 없는 추억들….

나는 손가락을 세워서 입술을 만져봤다.

"그리고 키스. 키스를 얻었죠."

왠지 내 얼굴에 일종의 흉터가 새겨진 것 같은 기분이 들었다.

칼로 만든 흉터가 아니라, 경험과 시간의 자국 말이다.

38

초록빛 눈의 소녀

작은 배 한 척이 저 거대한 하늘을 누비며 구름을 찾아 떠돈다. 그 배에는 세상에서 가장 아름다운 초록빛 눈과 갈색 피부를 가진 소녀가 있다. 그 소녀의 얼굴에는 눈 밑에서 입가까지 이어진 두 개의 깊은 흉터가 있다. 그 흉터 때문에 그녀의 아름다움이 묻힐 거라고 생각할 수도 있겠지만, 그렇지 않다. 그 흉터는 오히려 그녀를 더욱 아름답고 신비롭게 만든다.

어쩌면 나는 그 소녀를 다시는 못 볼지도 모른다. 하지만 나는 그녀와 입맞춤을 했고, 그녀와 포옹을 나눴다. 이건 정말이지 잊을 수 없는 기억이다. 절대로, 영원히.

나는 그녀와 사랑에 빠졌던 것 같다. 확실히 말할 순 없지만. 아니, 그건 사실이 아니다. 나는 그녀와 사랑에 빠졌다. 그리고 지금도 사랑하며, 앞으로도 영원히 사랑할 것이다. 내 생각에, 소녀도 나를 사랑했던 것 같다.

소녀의 엄마는 항해를 할 때면 늘 노래를 불렀다. 부드러우면서도 조금은 슬픈 목소리였다. 아주 잔잔하지만 애도의 노래 같기도 했다. 그 노래를 듣고 있으면 등에 전율이 흐르고 무심한 눈가에 눈물이 맺혔다.

배는 태양풍을 맞으며 구름층을 찾아 날아간다. 구름층 안으로 들어간 배는 구름에 둘러싸여 점차 보이지 않게 된다.

마침내 배가 사라진다.

그러면 원래 거기에 배가 있었는지도 알 수 없게 된다.

그럼 배가 존재한 적이 있었는지도 알 수 없게 된다.

구름사냥꾼들은 구름에 삼켜져버리고 만다.

나는 나이가 들면 언젠가 배를 타고 세상을 항해할 것이다. 갈 수 있는 곳은 모두 가보고, 볼 수 있는 것은 모두 볼 것이다.

이 넓디넓은 세상에 끝이란 없다. 그 여정은 내가 죽는 날까지도 끝나지 않을 것이다. 언제나 새로운 시작이 있을 뿐.

어쩌면 죽기 전에 그 소녀를 다시 찾을 수 있을지도 모른다.

어쩌면 지금 제닌도 주변 하늘에 후광처럼 구름이 몰려들면 나를 생각할지 모른다. 내가 제닌을 기억하듯 제닌도 나를 기억할 것이다. 영원히 그럴 것이다. 그렇다. 우린 영원히 서로를 기억할 것이다.

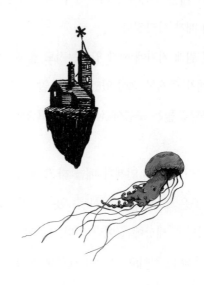